麦家陪你读书（第二辑）

去人间清醒处

麦家 / 主编
麦家陪你读书 / 编

南方传媒 | 花城出版社
中国·广州

图书在版编目（CIP）数据

去人间清醒处 / 麦家陪你读书编. -- 广州 : 花城出版社，2024.3
（麦家陪你读书 / 麦家主编. 第二辑）
ISBN 978-7-5749-0169-8

Ⅰ. ①去… Ⅱ. ①麦… Ⅲ. ①世界文学－文学评论－文集 Ⅳ. ①I106-53

中国国家版本馆CIP数据核字(2024)第047963号

出 版 人：张　懿
特约策划：萧宿荣
责任编辑：林　菁　杨柳青
责任校对：衣　然
技术编辑：凌春梅
装帧设计：郑力珲

书　　名　去人间清醒处
QU RENJIAN QINGXING CHU
出版发行　花城出版社
（广州市环市东路水荫路 11 号）
经　　销　全国新华书店
印　　刷　广东广州日报传媒股份有限公司印务分公司
（广州市白云区增槎路 1113 号）
开　　本　787 毫米 ×1092 毫米　32 开
印　　张　9.5　1 插页
字　　数　182,000 字
版　　次　2024 年 3 月第 1 版　2024 年 3 月第 1 次印刷
定　　价　59.80 元

如发现印装质量问题，请直接与印刷厂联系调换。
购书热线：020-37604658　37602954
花城出版社网站：http：//www.fcph.com.cn

读书就是回家

麦家

编 委 会

目录

《高老头》

一场亲情与人性被金钱彻底打败的悲剧

[法]巴尔扎克

《高老头》主要讲述的是19世纪，巴黎的底层阶级在跻身上流社会的过程中，亲情、人性被金钱彻底打败的悲剧。这本书像当时社会的一面镜子，形象再现了复辟王朝时期，贵族阶级的没落衰败和资产阶级上升发展阶段的人生百态。

巴尔扎克把当时金钱至上的社会中林林总总的现象浓缩进这篇杰作，用高老头卑微的父爱和悲惨的结局揭示了在被金钱与虚荣充斥的心灵里亲情一文不值的社会现象。巴尔扎克作为法国著名作家，一生著作颇多。他将写出的91部小说合称为《人间喜剧》，描写了一幕幕资本主义社会下的人间悲剧。

Day 1.

纸醉金迷的巴黎众生相

故事发生于1819年巴黎拉丁区的“伏盖公寓”。这座大楼是伏盖太太开的膳食公寓，里面住着七个房客，还有十一个只来吃晚餐的食客。公寓底层的客厅摆设丑陋，有一股闭塞、陈腐的怪味。隔壁的餐厅更是不堪入目，家具残缺不全、七零八落。二楼是公寓里最好的房间，住着古杜尔太太和维克多莉娜。小姑娘年纪轻轻，身上却笼罩着一层抑郁色彩。她的父亲不让她进家门，准备把财产全部留给她的哥哥。这个女孩像大海里的一叶孤舟，哀求上帝能擦亮父亲的眼睛，并感化她的哥哥。

三楼有两个套间，住着像灰色幽灵一般的布瓦雷老头，和一个四十岁左右令人捉摸不透的“怪人”。四楼有四个房间，每月只需交四十五法郎膳宿费。这里住着一个叫米肖诺的老姑娘，身体瘦削得似乎被酸液腐蚀过，眼白里透露着肃杀之气，还有本文的主人公高老头和来巴黎学法律的欧也纳。这十八个房客聚集在一起，就是巴黎平民阶层的缩影了。

高里奥住进公寓已有六年。起初，他住二楼的套房花钱大方，吃饭用成套的镀金碗碟，每天有专门的理发师来为他的头发扑粉造型。伏盖太太不停地估算他到底有多少钱，甚至浮想联翩地想嫁给他，过上巴黎贵妇的生活。到第一年末，精明的伏盖太太开始疑虑重重：如此有钱的人，为什么会住到公寓来，而且付的膳食费也与他的财产极不相符？以前他都是每周外出吃一两次晚饭，怎么渐渐地改成了每月两次？第二年末，高里奥先生请求搬到三楼去住，更加省吃俭用，冬天连屋里的炉火也不生了。从此，他便被大家称作高老头。

大家绞尽脑汁也猜测不出他落魄的原因，就连见多识广的伏脱冷也没有得出确凿的结论。伏盖太太说，高老头是因为供养情妇才沦落到这般地步的。她曾看到有年轻女子进出高老头的房间。厨娘的跟踪证实了年轻女子的马车华丽又排场。

“她是我的女儿。”高老头不无自豪地说道。谁信呢！房客们哈哈大笑。

第三年末，高老头再次紧缩开支，搬到四楼去住了。

伏盖太太问他：“您的几个女儿怎么都不来看您了？”高老头战栗了一下，仿佛女主人用烙铁烫了他似的。

欧也纳在巴黎学习游历了一年之后，意识到人是以阶层划分的。他用姨母的推荐信换来了鲍赛昂子爵夫人的舞会请帖。“鲍赛昂夫人的表弟”是一张通行证，他在舞会上结识了美丽的雷斯托伯爵夫人。他激动得难以入睡，叹息声打破了夜的宁静。欧也纳悄悄开门，透过锁孔，看到高老头用一根绳索把心爱的金碗碟搓成细条，并流下了悲伤的眼泪。

第二天大雾。伏脱冷说，他看到高老头一早就去金银匠的铺子卖金条，还去了放高利贷的人家里。刚说完，高老头呼唤男用人，让他去送一封信给雷斯托伯爵夫人，伏脱冷偷窥到里面是一张债务付清的凭据。欧也纳兴奋地描述着舞会上雷斯托伯爵夫人的美丽动人，可离奇的是，今天早上，他看到伯爵夫人到放高利贷的人家里去了。

公寓里的人们同在一个屋檐下，各自机械地活着。贫困使人与人之间只顾自己的生存，早已失去了温度。伏盖太太为了高老头的财产，做梦都想成为高里奥太太。维克多莉娜的忧伤是她想回家，而父亲不愿分给她财产。伏脱冷洞悉整个巴黎社会，看透了当时政治、经济、法律的真相。欧也纳本是法国南部的破落子弟，全家人精打细算，节约一切开支，供他来巴黎上大学。但仅仅一年，家庭的贫寒和巴黎社会的繁华形成了强烈的反差。他的欲望在受到刺激后快速膨胀。

当生活的主题围着金钱打转时，就坠入了泥潭的旋涡。

高老头也陷入了金钱的困窘。中年丧妻的他，深爱着自己的两个女儿。为了让她们挤进上流社会，他从小就给她们良好的教育，他把经营面粉生意的全部积蓄送给两个女儿，每人80万的陪嫁让她们成了贵妇人、阔太太。他以为女儿嫁了体面人家，自己就会受到尊重。可金钱扭转不了阶层的歧视，他低微的身份成了女儿的耻辱。无奈之下，他忍痛卖掉店铺，把钱分给了女儿，吃力地满足她们一个又一个过分的要求。他一心用金钱堆砌着女儿的幸福，却没有教会她们如何去爱。混迹于那个上流圈子，她们的亲情早已被虚荣心泯灭，把父亲当作一味索取的工具。

Day 2.

家风，才是真正的家庭不动产

第二天，欧也纳穿上他最好的礼服，兴冲冲地去拜访雷斯托伯爵夫人。院子里停着一匹披金挂银的骏马和金镂银雕的马车，阔绰的排场令他自惭形秽。在等待的时间里，他听到高老头说话的声音。“好奇害死猫”，他追随着声音，看到高老头正撑开雨伞准备出门，差点被驶入的一辆双人马车撞倒。驾车的雷斯托先生愤怒地瞪了高老头一眼，转而点头示意。高老头和颜悦色地和他打着招呼离开。这一幕，像雷劈一样从欧也纳眼前闪过。

同样在等待的还有马克西姆——伯爵夫人的情人，他对欧也纳的到来极其厌烦。雷斯托伯爵进来，异常亲切地和马克西姆打着招呼，令欧也纳大吃一惊。伯爵夫人向雷斯托伯爵介绍欧也纳，说他是鲍赛昂子爵夫人的亲戚，这句话产生了神奇的效果。伯爵向他颔首致意，马克西姆也惊慌地看了欧也纳一眼，熄灭了器张气焰。一个姓氏的力量竟像魔杖一般，使欧也纳看清了上流社会的氛围，瞬间恢复了满满的信心。

伯爵和欧也纳愉快地聊着祖辈们率军海战的事情，欧也纳不识时务地说：“我看到刚才从您府上出去的，是和我同住一个公寓的高老头。”欧也纳说出“高老头”这三个字，像是又挥动了一次魔杖，但效果与“鲍赛昂夫人的亲戚”截然相反。他悻悻地离开，为不知所以地闯下大祸郁闷不已。

一个人想打天堂的主意，还得瞄准上帝下手。只是说出鲍赛昂子爵夫人的名字就有这么大的影响，那她本人的分量该有多重啊！人还得往高处走。欧也纳思绪万千，从伯爵家出来，又坐出租马车去了鲍赛昂夫人家。

马车长驱直入进入伯爵府邸，欧也纳为自己的气派窃窃自喜，却看到院子里停着一辆巴黎最时髦的马车。他莽撞的拜访却为豪华马车的主人阿絮达侯爵解了围。阿絮达侯爵做鲍赛昂夫人的情人已经三年，今天来是想告诉伯爵夫人他要和别人订婚的事情。正当说不出口又被紧紧纠缠的时候，恰恰来了欧也纳，他趁机脱身。

“表姐……”欧也纳称呼道。

“嗯？”心神不定的子爵夫人扫了他一眼，欧也纳一下子明白了语气中的含义，连忙改口道：“夫人。”他犹豫了片刻，接着说：“请您原谅，我太需要扶持了，沾上一点亲也不可放过。”

欧也纳第一次动用心机的讲话，引起了鲍赛昂夫人的兴趣。他又说起在雷斯托伯爵夫人府中碰壁的事，鲍赛昂夫人告诉他，雷斯托夫人就是高老头的女儿。正说着，朗热公爵夫人来访。两个女人亲亲热热地聊着，话语里却都含针带刺。

“我无意中把一把匕首刺进了雷斯托夫人的心。”欧也纳用尽他的聪明才智，为鲍赛昂夫人解围，顺势说起了高老头的事情。

送走了公爵夫人，鲍赛昂夫人告诫欧也纳：“人间无道可言。”她认为，主宰地位的是金钱，便给欧也纳出谋划策——高老头的二女儿苔尔费纳嫁给了有钱人，但从未被贵族圈子认可。她让欧也纳通过高老头认识苔尔费纳，再由他把苔尔费纳引荐给鲍赛昂夫人。这样既满足了她进入贵族圈子的虚荣心，又达成了欧也纳傍上有钱女人做情人的心愿。

“倘若有可能，你就爱她，要不，你就利用她好了。”鲍赛昂夫人给欧也纳上了极端利己主义的第一课，也成了他向上攀爬的第一个引路人。这让欧也纳有一种飞快地卷入上流社会的快感。

这些膨胀得快要炸裂的想法，实施起来必须先有钱。于是，他在纠结中提笔给母亲和两个妹妹写了封信，利用她们对自己最无私的爱，让她们把私下里攒的积蓄偷偷寄给他。

“我一定会成功！”欧也纳在毅然决然地寄出信后，对自己说。

在社交场上频频受挫的欧也纳吸取了教训，决定在去接近苔尔费纳之前，彻底了解纽沁根这个家庭的背景，还顺便探听了一些高老头原来的生活状况。高里奥在大革命时期接手了东家的面粉生意，并做了一个分区的小头目。借助于这个庇护，再加上对市场的敏锐，他利用条文的漏洞发了大财。

结婚后，他只过了七年的幸福生活，就不幸失去了妻子，他把对妻子的爱转移到两个女儿身上。高里奥对女儿盲目的忠诚和变态细腻的爱广为流传，并以丰厚的嫁妆将两个女儿送进上流社会。拿破仑当权时，女婿对他不得不容忍，当波旁王朝复辟后，他变成了保皇派女婿的累赘，连女儿也以他为耻。以金钱为筹码的爱，不会让人感到幸福，反而会撕开欲望的口子。把金钱送给孩子做礼物，只会衍生没有温度的故事。

19世纪欧洲上流社会的婚恋观是：婚姻是尽义务，爱情是找激情。为了激情去破坏义务是错误的，更不可把爱情和婚姻混为一谈。在当时的上流社会中生存，与个人的能力和努力没有多大关系，出身和财富决定了你的起点。

那是一个比拼家族的年代。跌跌撞撞闯入上流社会的欧也纳在这一天的拜访之中一下子开了窍，他在两家豪宅里学完了比巴黎法律更有权威的法典，更看清了社会本来的面目。在那个年代，法律和道德对富人是苍白无力的，金钱才是最后的制裁手段。

Day 3.

父母的“三观”正，是孩子最大的福气

欧也纳忐忑不安地读着母亲的来信，这是他的希望得以实现或者幻灭的判决书。母亲对他要戴上假面具进入上流社会表示担心，但又用博大的母爱祝福和支持儿子去做他想做的事情。读完信时，欧也纳泪流满面地请来了裁缝，定做了几套衣服，感觉自己像一只没有翅膀的小鸟，就要插翅高飞了。

伏脱冷看出欧也纳一心往上爬的野心，与他进行了一次长谈，分析了当前的家庭情况、社会现状和学法律的前景。他给欧也纳出了个“快速致富”的主意——找一个爱你的姑娘，结一门不可摧毁的婚姻，日后有巨额财产流向这个姑娘时，她会把这笔钱像小石子一样扔在你的脚下。

“去哪儿找这样的姑娘呢？”欧也纳急切地问。伏脱冷看他像上了钩的鱼儿似的，笑着提示他，维克多莉娜小姐已经爱上他了。

“可她一文不值。”欧也纳感慨道。

伏脱冷继续说着他的惊天计划：姑娘的父亲想把所有财产留给唯一的儿子，这个哥哥也不想给妹妹一分。如果上帝把这个儿子收回，老头没有其他孩子，女儿就成了唯一的继承人。

一百万法郎的陪嫁到手后，伏脱冷只收取二十万的回报，他有个朋友枪法很准。

太可怕了！欧也纳接受不了。

伏脱冷继续说着，如果不在爱情上透支，你怎么能成功呢？请别把人放在心上，还是研究一下法典有什么漏洞，可以钻空子的。不明不白发的大财，都是会被人遗忘的犯罪行为，只要干得巧妙。倘若人们想捞些什么，就得玷污双手，只要知道如何脱身就行，这就是这个时代的全部道德。欧也纳极力反对着，伏脱冷留给他两个礼拜的时间考虑。

欧也纳思索着伏脱冷的话，发现和鲍赛昂夫人所说的是一个意思，只是更直截了当。

欧也纳从高老头那儿得知，纽沁根夫人下周要去参加元帅家的舞会。自己怎样才能参加并找机会结识她呢？还得靠他的贵族“表姐”介绍。欧也纳穿上新做的礼服，去拜访他的贵族“表姐”，却受到鲍赛昂夫人不热情的接待，夫人让他晚餐时再来。可他哪里知道，他所仰仗的“表姐”正处在被遗弃的关头，“上流社会最为可怕的祸事”已经临头。为了达到目的，欧也纳忍气吞声，与鲍赛昂夫人共进晚餐，然后陪她去了剧院。

这时，阿絮达侯爵来到包厢，心不在焉的鲍赛昂夫人一下子神采飞扬起来。欧也纳看到爱情的力量在“表姐”身上发光，识趣地想离开。鲍赛昂夫人阻止了他，并让阿絮达把欧也纳介绍给了纽沁根夫人。欧也纳和纽沁根夫人聊起她父亲对她的爱，费尽心思地表达着他的爱慕之情，纽沁根夫人却一直关注着她的情夫马尔塞的动向。

回到公寓，他兴奋地敲开高老头的房门，欧也纳让高老头转告他的小女儿苔尔费纳，他可以将她带到鲍赛昂夫人府中，进入贵族社交圈。两人达成了默契：高老头将打听到的女儿行踪告诉欧也纳，欧也纳向他描述女儿在社交场上的风采。

高老头带来苔尔费纳的邀请信。欧也纳带着实施伟大计划的激情，前来赴约，却见苔尔费纳愁容满面。欧也纳一再表白自己的爱可以为她赴汤蹈火，她才破釜沉舟似的决定用丈夫的马车出门。他们来到王宫广场，苔尔费纳将仅有的一百法郎交给欧也纳，让他找一家赌场去试试运气。“傻人有傻福”，第一次进赌场连赌注都不会下的欧也纳竟然连胜两局，赢了七千二百法郎。苔尔费纳接过这救命的钱，热泪盈眶，和欧也纳说起了自己的婚姻：纽沁根先生盘剥了她的全部嫁妆，不让她自由支配一分钱。

欧也纳思考着今晚的艳遇，为有可能得到巴黎最漂亮、最娴雅的女人而开心，但让他失落的是，苔尔费纳已经没有资产的支配权，自己想靠这个女人发迹的计划是行不通了。

鲍赛昂夫人和情人阿瞿达侯爵彼此相爱已有三年。鲍赛昂先生当众做出榜样，非常尊重这种不伦不类的关系，每次都是和阿瞿达一起陪夫人去歌剧院。但阿瞿达侯爵马上就要与一位有四百万陪嫁的小姐订婚，这段感情正处于风雨飘摇之中。

高老头的大女儿雷斯托夫人与情人马克西姆先生如胶似漆，雷斯托先生对马克西姆异常热情，可掩饰不住他的妒火中烧。为了把妻子的巨额陪嫁资产弄到手，他忍痛割爱，欲擒故纵，实施着长期的“鲸吞”计划。高老头的小女儿苔尔费纳正处于感情的旋涡中，情人马尔塞移情别恋喜欢上了一位公主，银行家丈夫在外包养着其他女人。

欧也纳为了他的“攀爬计划”，莽莽撞撞地跌进与苔尔费纳的一份新情感中。这些关系，都是在爱情的外衣下藏着的金钱阴谋。身在其中的人关注着彼此的地位、财产、名分等乐此不疲，没有人意识到，幸福其实源于自己从头至脚切身的感受。

Day 4.

若被金钱主宰，便没有情感和信任可言

第二天，鲍赛昂夫人带欧也纳去见了元帅夫人，受到元帅夫人的热情接待，并会见了纽沁根夫人。在这次盛会中，欧也纳一眼看出，因为鲍赛昂夫人称他为表弟，使他身价倍增，门路畅通，已在上流社会中占了一席之地，同时，还因为将纽沁根夫人引入贵族圈子，获得了她的芳心。

接下来的几天，欧也纳过着纸醉金迷的生活。每天陪纽沁根夫人出入社交场所，在赌博中出手大方，输赢都很可观。他从赢来的钱中取出一千五百法郎寄还给母亲和妹妹，可很快他又输得精光，还背了一身债。他原来把发达的希望寄托在女人身上，可当知道了纽沁根夫妇的家庭隐私后，发现这个机遇变得虚无缥缈。他看着自己一文不值，前途无望，虽有良知鞭策自己，但还是想到了与苔勒费小姐结婚，去碰碰运气。

欧也纳在人不多的时候，和苔勒费小姐聊起爱情。当欧也纳问起，“倘若有一天你变得富有，你还会喜欢在逆境中爱上的穷学生吗？”苔勒费小姐毫不犹豫地点了点头。伏脱冷看到了这一切，调侃他们是不是要缔结婚约了，吓得苔勒费小姐赶紧离开。

几天后，布瓦雷和米肖诺小姐在植物园里与一位先生交谈

着。欧也纳的朋友——医学生皮安训怀疑那位先生是个密探。那人对他们说，伏脱冷是监狱的一个逃犯，原名雅克·科兰，绰号“玩命鬼”，他接收囚犯们的财产，替他们投资、保管，以后再把钱交还给越狱的囚犯花。玩命鬼不仅经营着同伙的钱财，还接受了万帮会的财产，是一大笔巨款。帮会成员熟知法典，从不会被判死刑。玩命鬼凭自己的财力和才智，不停地为罪犯提供资金。抓住玩命鬼，没收他的金库，政府会得到很大的利益。

上课回来的皮安训路过时，听到“玩命鬼”这个刺耳的字眼，并看到他们达成协议。

欧也纳被纽沁根夫人和赌债逼到山穷水尽的地步，他的内心已完全倒向伏脱冷，苔勒费小姐也深深坠入爱河。伏脱冷对欧也纳说：“交易做成了。明早八点半，因为政见不合，小苔勒费将参加一场决斗。老苔勒费有三百万的家底，这笔嫁妆会把你洗刷得像新娘子的裙子一样清白。”欧也纳不再犹豫，决定晚上去通知苔勒费父子。高老头来找欧也纳聊天，告诉他，这一个月来，他的女儿纽沁根夫人变得幸福开心，父女俩秘密地做了一件大事，为欧也纳准备了一套房子。他也要搬到欧也纳上面的卧室，为能经常听到女儿的消息而兴奋不已。他还带来了女儿的信，邀请欧也纳过去一起看。

欧也纳听得头昏脑胀，伏脱冷策划的决斗和高老头孕育的希望形成强烈对比。他让高老头去告诉老苔勒费，晚上劝小苔勒费不要去决斗送命。正说着，伏脱冷的出现打断了谈话。晚餐时，伏脱冷请大家喝红酒。他先给欧也纳和高老头斟满，又以酒里有瓶盖味把酒给了男用人。大家都喝得很尽兴，欧也纳双眼迷糊打瞌睡，一会儿就和高老头烂醉如泥了。伏脱冷让他俩喝了掺有麻醉药的葡萄酒，可也断送了自己的前程。

皮安训在半醉半醒的状态下，忘了向米肖诺小姐询问玩命鬼的事情，伏脱冷失去了得知被出卖的唯一一次机会。晚餐后，米肖诺小姐和布瓦雷走进警察局，受到警察局长的热情接待。局长递给她一个小药瓶，说伏脱冷是一个前所未有的危险盗贼头目，在逮捕他时，只要他稍做反抗，警察就可以当场杀掉他。这是合法的，也是最好的结果。

第二天是伏盖公寓最非同寻常的一天。米肖诺小姐第一个下楼，把药酒倒进伏脱冷专用的盛牛奶的银质杯子里。伏盖太太说苔勒费小姐马上就要成为百万富翁了，祝贺欧也纳摸对门路了。欧也纳受到了强烈刺激，难以保持平静，但又知道一切毫无证据。伏脱冷冷笑着对他说："年轻人，运气是在我们睡着的时候来的。"说完，就直挺挺地昏死过去了。高老头则去看他的女儿。

皮安训一看到欧也纳，便问他看早报了没有，小苔勒费与一位曾是老近卫军战士的伯爵决斗输了。维克多莉娜·苔勒费小姐成了巴黎最有钱的待聘小姐了。

"我绝不会娶她，我有爱着的人！"欧也纳经历着激烈的思想斗争。

伏脱冷经历了这番“意外”后，在下午醒来。就在这时，四个警察突然来到客厅，外面还传来士兵的脚步声。玩命鬼看着警官头目，又转向房客们说：“我只要举一举手，这里就会血流满地，这些密探想让我上钩呢！”

“我给你留下一个忠诚的朋友，有困难时去找他，人、钱都可以支配。”

这个古怪的人最后说的这句话，只有他和欧也纳听得懂。一个被金钱主宰的社会，没有任何情感和信任，更没有人性可言。上流社会在奢侈攀比，底层百姓为生存挣扎，伏脱冷的冒险计划，米肖诺小姐的出卖，欧也纳的思想斗争，都在金钱沉浮中迷失了自我。

Day 5.

让父母最心寒的是，子女一边依赖一边嫌弃

欧也纳还沉浸在刚才的抓捕中，高老头回来了。欧也纳和他说，伏脱冷是一个逃犯，被抓走了；小苔勒费死了。

高老头说道：“这和我有什么关系？”高老头边说边把欧也纳拉出门，告诉他今晚要和小女儿苔尔费纳吃饭，他们已经四年没有一起吃过晚餐了。马车停下后，高老头把欧也纳带到一幢漂亮房子的四楼，一个单身汉舒适的套间，苔尔费纳正坐在火炉旁的安乐椅上。两人紧紧地拥抱在一起，欧也纳激动地流下了眼泪。眼前的场面和公寓里刚刚发生的一幕形成了鲜明的对比。

整整一天，欧也纳不停地扪心自问。伏脱冷的被捕让他看清了他差点儿陷进去的沟有多深。这使他高尚的情感更纯洁，自尊心更强，因而不能接受苔尔费纳的慷慨施舍。高老头从他的破钱夹里拿出账单，告诉欧也纳，这里的一切都已付钱了，五千法郎左右，让他立个字据，日后还他就是了。老人如此细心地呵护着欧也纳的自尊心，这一举动把两个年轻人感动得直掉泪。他们哪里想得到，用心良苦的高老头怕欧也纳负担太重，把花费说了还不到一半。

欧也纳收到鲍赛昂夫人的请柬，邀请纽沁根夫人和他参加一个月前就定好的盛大舞会。苔尔费纳读着请柬，想进入鲍赛昂夫人社交圈的虚荣心得到了极大的满足：“我一定要去，我姐姐也要去，我可不愿屈居她之下。”

高老头和欧也纳的行李已收拾好，等待搬家。欧也纳去学校报到后迅速返回公寓，怕增加高老头的负担，他想提前悄悄地与伏盖太太结账，结果房东出门不在。他上楼去看看房内是否还遗留下什么东西时，竟在抽屉里发现了一张借据，一张签发给伏脱冷的没有抬头的汇票。他正想把它撕毁时，忽然听到苔尔费纳的声音，便停下来屏息静听，没想到竟听到了事关重大的信息。

纽沁根先生把他与苔尔费纳的陪嫁资产都投进一个刚刚起步的企业，还在外面投放大笔款项。如果苔尔费纳要在带来的嫁妆上立上自己的名字，纽沁根先生就要向法庭递交负债清单，他们都会破产。他想让苔尔费纳答应用她的嫁妆做一笔地产买卖，这需要两年的时间。作为交换，他允许苔尔费纳与欧也纳自由交往。高老头是个精明的生意人，一眼就看穿了女婿的骗局，要去核实账本、库存和企业。苔尔费纳说，纽沁根做的是地产投机生意，如果把他逼急了，他会席卷财产一走了之的。欧也纳听到高老头跌倒在地板上的声音，他一生的心血与财产，要化为乌有了。

苔尔费纳埋怨父亲，出嫁前就应当为她的择婿把关。这时，高老头的大女儿雷斯托夫人来了，她也遇到了棘手的资金问题。情夫马克西姆欠了十万法郎的债，为了帮他还债，雷斯托夫人把全家的珠宝首饰包括祖传的钻石都变卖了。这事被雷斯托先生发现了。

高老头的两个女婿有着贵族头衔，也都拥有资产。纽沁根眼中只有钱；雷斯多伯爵钟情于妻子的美貌，他知道妻子偷卖祖传钻石后，想方设法赎回，并只准许她戴着参加舞会，来维护门第的尊严。雷斯托先生了解到，夫妻俩所有的孩子中只有长子是他的孩子，其他都是马克西姆的孩子。他说，为了那些孩子、他们的父亲以及自己着想，他不想决斗或者采取其他极端措施，但有一个条件：要求雷斯托夫人在自己的财产卖契上签字。

“永远不要签字！”高老头声嘶力竭地喊着。可这还没有结束，雷斯托夫人说，变卖珠宝后还差一万两千法郎，马克西姆仍会被追究坐牢，意思很明确，想让高老头出钱帮忙。可怜的高老头实在是没有钱了，大女儿想动用他养老的公债。

“可公债早卖了，得有一万两千法郎才能给苔尔费纳和欧也纳置办那个小套间。”高老头说。

雷斯托夫人转向她的妹妹，要她把这一万两千法郎让出来。两姐妹为了钱互相辱骂起来，历数九年来对方对自己的不好。欧也纳在自己房间里听着也吓坏了，拿起伏脱冷原来给他的借据，改成一万两千法郎，写上高里奥的名字，走进高老头的房间。他把票据递给雷斯托夫人："这是我欠高里奥先生的钱，现在还给他。"

雷斯托夫人接过票据，却又为欧也纳知晓了她的秘密而恼火，与苔尔费纳大吵起来。此时，高老头像中了一颗子弹似的瘫倒下去。可他的大女儿扬长而去，小女儿则只关心晚上要去看歌剧的事。

第二天，高老头的病情又加重了，因为他的大女儿又来要一千法郎，去交她参加舞会定做的裙子钱。高老头强撑着出去，把仅有的银餐具和养老金卖掉，换了一千法郎。高老头的两个女儿将父亲当作了取款机。孩子长大成人后的样子，是父母教育的结果。金钱不是父母送给孩子最好的财富，健康、良好的教育才是。

Day 6.

一个人的底线，决定了他的格局

鲍赛昂夫人的舞会空前盛大，巴黎最美的夫人们用服饰和微笑使每个客厅生气盎然。金碧辉煌的大厅，凄凉的心境，最终，高贵敌不过金钱，爱情败给了金钱。舞会上，雷斯托夫人穿着崭新的镶着金银丝线的长裙，佩戴着全套的珠宝。纽沁根夫人也珠光宝气，为能进入这上层圈子兴奋不已，出尽了风头。欧也纳看着她们，眼前又浮现出高老头躺在破床上呻吟的模样。

高老头已没有几天可活了，甚至活不过几个小时，公寓里，只有欧也纳和皮安训在守护着高老头。看到他这副凄惨的样子，欧也纳想起了他那两个过着奢侈生活的贵妇女儿。高老头有短暂的意识，当他认出欧也纳，第一句话就是问他的两个女儿在舞会上的情况。皮安训说，一个晚上，他都在呼唤着女儿的名字，谁听了都会流泪。

皮安训叮嘱欧也纳：如果高老头醒过来说话了，就让他躺在长长的芥子泥上，然后派人去叫他和教授们，这涉及一个医学现象。

欧也纳答应着："好的，我将是唯一一个凭感情照料这个可怜老头的人了。”

高老头又醒过来了，说道：“我的女儿马上就要来了，她们知道我生病了，立即就会跑来。”他叫着男用人：“再去一次，告诉她们，我在死前想拥抱她们，再见她们一回。”

他沉默了，拼足力气忍着头痛。

男用人上来，禀报他做的差事。他去伯爵府上再三央求，雷斯托先生才出来，一脸怒气地说：“高里奥先生快死了，那再好不过了，夫人在和我解决重要的事情，等解决之后她会去的。”至于男爵夫人，他根本没见到。贴身侍女说五点多夫人才从舞会回来，既然是坏消息，等她睡醒了再告诉她也不迟。

“一个都不来！”高老头并没有睡着，他挣扎着说：“人到死，才知道孩子是怎么回事。你给了她们生命，她们却让你死去。我有时也这么想，但我不敢相信。”

他的脸颊上有眼泪在滚动：“假如我有钱，假如我没有把财产给她们，她俩就会来，甚至亲吻我的脸。用金钱可以买到一切，甚至女儿。做父亲，就得终生有钱，那样的话，驾驭女儿就像驾驭会使性子的马一样。”

这位父亲绝望地唠叨着，他把生命都交给了女儿，可她们连父亲的最后一面都不肯见。这是谁的错？过度的、无原则的爱使孩子欲壑难填，纵容孩子践踏父亲。父爱无错，但也难辞其咎。

“她们不爱我，从来没爱过我！”高老头在临终前才肯承认这个事实。

餐厅里，食客们边吃饭边拿死去的高老头开玩笑，令欧也纳和皮安训感到惶恐。报丧后没有等到两个女儿、女婿的身影，他俩合计着用仅有的钱来安葬高老头。简单的仪式过后，高老头终于有了一个属于自己的“家”，并和两个女儿的名字紧紧镌刻在一起：雷斯托伯爵夫人、纽沁根男爵夫人之父——高里奥先生之墓。两位大学生捐助。

墓地晦暗凄凉，欧也纳独自看着远处蜿蜒曲折的塞纳河与泛出点点亮光的巴黎城，他贪婪的目光停留在上层社会的活动区，心底又升腾起对灯红酒绿生活的向往。“现在，就看我们俩的了！”说完，便去纽沁根夫人府上吃饭去了，开始了向这个社会的首次挑战。

有几幅画面深深刺痛了我们的心。鲍赛昂夫人的舞会空前盛大，她出身尊贵，无人能比，只因为相爱三年的情夫与别的女性订婚，便成了“弃妇”，显赫一时，凄清半生。高老头临终前声嘶力竭的呼喊，也没有唤来亲生女儿见其最后一面。父亲的渴望，与女儿的绝情形成鲜明对比。亲生女儿置父亲的生死于不顾，一个毫无血缘关系的邻居却为他治病送终，唯一一个尚未被金钱淹没，凭感情照顾高老头的人，却在埋葬了高老头后，毅然投入了那个大染缸。

不论是爱情还是亲情，都在那个纸醉金迷的世界里一败涂地。那些或鲜亮，或卑微，或冷漠的人，还在挣扎的人，最终都化作一抔泥土，任凭震荡。

Day 7.

法国社会的一面镜子

19世纪上半叶是法国资本主义建立的初期，拿破仑在1815年的滑铁卢战役中彻底败北，由此，波旁王朝复辟，统治一直延续到1830年。复辟时期的贵族地位已经完全比不上大革命前，资产阶级开始强大，凭借经济上的实力将封建贵族从神坛拖入泥潭。

世界文坛上有一位作家，他为了还债，每天不得不从事将近18个小时的写作。他以惊人的毅力和速度在短短20年的时间里，创作了近百部长、中、短篇小说。其文学天赋仿佛只有在金钱的逼迫下才能淋漓尽致地发挥，他，就是法国大文学家巴尔扎克。他将写出的91部小说合称为《人间喜剧》，描绘了一幕幕资本主义社会下的人间悲剧，全面展现了19世纪法国的社会生活，是“巴黎上流社会的现实主义历史”。

《高老头》发表于1934年，是《人间喜剧》的开篇大戏，也是最有名的一部，其艺术风格最能代表巴尔扎克的特点。他第一次使用自己创造的“人物再现法”——让一个人物在一系列作品中接连出现，使人物性格的形成有连续性，把一系列作品构成一个整体。高老头并不是文中的主人公，本文之所以用

“高老头”来命名，是因为他悲惨的一生以及凄惨的结局，以“身教”的形式为欧也纳上了社会教育中最重要的一课，比鲍赛昂夫人和伏脱冷的“言传”更触及心灵。

巴尔扎克用欧也纳这个初入社会的大学生，串联起所有的场景。欧也纳总结了两个精神上的父亲——高老头和伏脱冷的教训和经验，完成了巴黎社会的启蒙教育，并且“青出于蓝而胜于蓝”，单枪匹马地向巴黎社会挑战。

文中的三个主人公——欧也纳、高老头、伏脱冷，他们身上都有深刻的时代烙印。欧也纳身上有巴尔扎克的影子，少年贫穷，心怀大志，是全家人的希望。他来到巴黎，想通过学习法律出人头地。高老头的去世，人间的自私、无情和虚伪使他流干了最后一滴眼泪，从此，任何力量也不能阻止他向上爬了。

伏脱冷与欧也纳的谈话，成了认识这个神秘人物的钥匙。他一针见血地指出社会时弊，“有财便是德”。他是在逃的苦役犯，看透了当时的政治、经济、法律真相。连他的被捕都很有英雄气概，临危不惧，关键时刻理智战胜冲动，没做任何反抗，不给警察抓到丝毫可以当场击毙他或是判他死刑的理由。他教欧也纳以恶对恶，既像炮弹般轰进去，又像瘟疫般钻进去。他认为，若社会是腐败的、丑陋的，反叛则是合情合理的。

伏脱冷之所以反抗社会，是在当时的社会中受到排挤，野心不能得逞。一旦攫取了资本，向上爬的野心得逞，他就会变成现行制度的维护者。有趣的是，欧也纳高出“老师”一筹，他不像伏脱冷“从外部强攻”，而是更狡猾、更精细地渗入上流社会，从内部进攻，征服它。

这里又再现了巴尔扎克的影子，他也不遗余力地想进入上流社会，以征服贵妇人为荣。他一面玩弄、利用社会，一面用手中的笔写出《高老头》等巨著，对社会做了严厉控诉。

《高老头》并不是一部单纯描述父爱的小说，但他对女儿本能的、无私的爱，与女儿的无情自始至终揪痛我们的心。一次次的付出，无异于飞蛾扑火，但他都义无反顾。我们想指责他的爱，却又感动于他那颗“春蚕到死丝方尽，蜡炬成灰泪始干”的心。

《生死疲劳》

在极度痛苦中笑出声来

莫言

《生死疲劳》是莫言的魔幻现实主义作品，小说的主人公西门闹不停地赴死，又不停地转世——以动物的身份“活着”，《生死疲劳》开启了另一种看世界的视角。

2006年，小说一经发表后，不仅迅速登上了国内外各大好书排行榜的榜首，而且获得了众多奖项。

《生死疲劳》以1950年到2000年这50年间中国农村的发展为背景，围绕着“土地”这个沉重且现实的话题，展示了中华人民共和国成立以来农民与土地的关系，以及农民对待生活的精神状态。

Day 1.

一个人换了五种身份，他看到了怎样的“人生海海”

不同于莫言以往的作品，《生死疲劳》是一部比较纯粹的中国式小说。它不仅在艺术上致敬了中国古典小说，还将“六道轮回”的传说嵌入了新时代的现实故事中。在《生死疲劳》中，莫言以动物的视角，写当年中国社会的巨大变迁，通过赋予动物人性，呈现出人世间的荒诞与可笑。

事实上，《生死疲劳》不光是一部“人性图鉴”，它还以动物走过的历史道路为切入点，依次记述了从土改开始，一直到改革开放这段时间内社会的变迁，饱含了五十多年来中国乡村社会的庞杂与喧嚣。而莫言之所以能写出如此深刻、有趣的作品，必然离不开他的人生经历和那一瞬间的灵感乍现。

20世纪50年代，莫言出生在生活条件较差的农村，长大后，他对那个时期久久难忘。成为作家后的莫言，既在作品中饱含了思乡、怀乡之情，也加入了怨乡的苦闷。他并不想毫无痕迹地走过这段艰难的历史，而是想通过一段有关“农民与土地”的故事，来记录那段不平凡的岁月。

时间来到了2004年秋天，莫言在承德办事时，抽空参观了一座庙宇，不承想刻在庙宇墙壁上的“六道轮回”壁画和《佛说八大人觉经》竟成了他创作《生死疲劳》灵感的来源。那一刻，莫言“恰好心里碰撞了火花，好像突然心里面开了一扇窗户一样，感觉到六道轮回完全可以变成一种小说结构的方法，应该通过六道轮回这种结构的方式表现出来”。

借用《佛说八大人觉经》第二觉悟的经文：“觉知多欲为苦，生死疲劳，从贪欲起；少欲无为，身心自在。”莫言便定下了小说的名字——《生死疲劳》。之后，莫言回到北京，独自一人在昌平的二手房里全身心地投入创作之中。在短短的43天里，莫言将活跃在自己脑海中43年的“西门闹”，以六世轮回的方式，一气呵成地浓缩在55万字的故事里。

中国当代诗人西川评价莫言的作品时曾说：“莫言的语言，有一面是饕餮，也就是‘胡吃海喝’即口若悬河；但是，还有一面是‘没吃没喝’即精练严谨。他这两种东西还是结合在一起的。”比如，“公路笔直宽阔；路旁花树葱茏；路上车辆稀少；小胡开车贼猛”就是句式整齐、精练严谨的“没吃没喝”；而“装疯是块通红的遮羞布，往脸上一蒙，所有的丑事，一股脑儿遮掩了”则是内涵丰富、口若悬河的“胡吃海喝”。

莫言曾说：“老百姓讲话都是借助于某个事物，它多数都是务实的，没有什么空的东西，因此非常具有文学性。”所以，他才想将过往在农村生活、劳动的经历，凝练成极具生活化气息的语言，目的就是将自己对生活和生命的认知，准确地传达给读者。事实上，这部《生死疲劳》不仅保持了莫言在语言上的乡土气息，还以动物的视角，创新了小说的叙述方式；以动物的经历，映射出了社会历史的风云变幻。

题材上，莫言则通过“六道轮回”与人性、兽性的转变，触及了“生”“死”“疲”“劳”这些深刻且沉重的话题。主人公西门闹是一个被枪毙的地主，他一心向善，却被所助之人陷害，沦为了地狱冤魂。西门闹心有不甘，他不知道为何别人会害他，于是向阎罗王诉说自己的冤情，但阎罗王却并没有依他往世的因果，给予他下世做人的机会，反而让他五世沦为牲畜。

阎罗王为什么要这样做？西门闹经历了几番轮回后，又有哪些收获？他最终投胎为人了吗？

Day 2.

执念的绳，人越挣扎，它捆得越紧

腊月二十三，距离春节只有七天。西门屯的地主西门闹脖颈上插着“亡命”的标牌，被细麻绳五花大绑地推到了桥上。西门闹在人世间三十年，热爱劳动、乐善好施，救过、帮过的人不计其数，是一个正直的大好人。

可这样的一个人，却众叛亲离，被一枪送进了阎王殿。西门闹不服，他向阎罗王鸣冤叫屈了两年多，也在阴曹地府受尽了“煎、烤、烹、炸”等各种酷刑。终于，他得到了阎罗王的“法外开恩”，重新回到了人间。西门闹很兴奋，想着终于可以一雪前耻，却不曾料想，阎罗王没有让他转世为人，而是让他成了一头四蹄雪白、嘴巴粉嫩的小驴子。带着人的情感和记忆，西门闹成了一头驴。

1950年元旦，西门闹转世为驴出生后，见到的依旧是熟悉的面孔。他的男主人蓝脸既是西门家的长工，也是西门闹的干儿子；女主人迎春，则是西门闹原来的二姨太。他们二人在西门闹被枪毙后不久，便结为了夫妻，还生下了一个孩子，取名蓝解放。西门闹看到昔日的姨太和自家的长工缱绻恩爱，感到无比羞耻和愤怒，他用尽全力嘶吼着：“我不是驴！我是人！

我是西门闹！”

只是，无论西门闹说了些什么，对蓝脸和迎春来说，都是听不懂的驴的语言。蓝脸先是将西门驴抱在怀里，而后又叫来迎春帮西门驴擦拭身上的黏液。那一刻，西门驴感受到了迎春发自内心的爱，他不再怨恨迎春为什么要嫁给蓝脸，也不再想把这个不守妇道的女人扔进毒蛇坑被毒蛇咬死。

此时的西门驴虽然不甘为驴，却自知无法摆脱驴的躯体。于是，他艰难地站起了身子，迈开了为驴的第一步。西门驴学会了走路后，便开始在西门家的大宅院里自由奔跑。如今的西门家，在土地改革后，被切割成了三个部分：五间正房用作了西门屯的村公所，西厢房分给了蓝脸和迎春，东厢房则划给了黄瞳和秋香。

黄瞳和秋香，一个是曾经因为偷窃而被西门闹放过一马的小混混；一个是曾对西门闹百般撩拨的三姨太。他们两个虽都受到过西门闹的恩惠，却在西门闹被斗争时，一个充当了开枪的“刽子手”，一个则攀诬西门闹强迫自己做姨太太。想到这儿，存着西门闹记忆的西门驴又不禁恨了起来。他想不通，为什么人只想着索取，却忘记了报恩？为什么一心向善的自己，却没有得到一次满意的转世？

或许是因为西门闹去地狱走了一遭，再见不得别人受苦。成为西门驴后，他最见不得的，就是那些以强凌弱、仗势欺人的人。但洪泰岳却就是这样的一个人，他在成为西门屯村长之前，不过是街头卖唱、炫技的杂耍人，因为杀过汉奸、立过功，所以在土地改革时期，得到了翻身的机会。自从西门闹被他的“欲加之罪”枪决后，洪泰岳便把目光放在了西门闹正妻白氏的身上。因为他想知道，西门闹到底还有没有漏缴的金银财宝。

白氏是个可怜的女人，她没有在西门闹被枪毙后通过改嫁穷人改变自己的成分，而是顶着地主的帽子，住在西门家祖坟的看坟屋子里，接受着身体不能承担的劳动改造。西门驴看在眼里，疼在心上。回首过往，当西门驴还是西门闹时，根本就不懂白氏的好，也从来没把白氏放在心上。特别是有了迎春和秋香后，更是夜夜笙歌，留白氏一人独守空房。成为西门驴后，他徒手徒脚地杀过狼、破过墙、踢过洪泰岳、斗过“取卵商”，却唯独在遇到白氏后，满是悔恨却又手足无措，不知该如何弥补。

农村合作社在西门屯成立后，身为社长的洪泰岳一直威逼蓝脸识时务者为俊杰，尽快加入合作社，别闹独立，不要单干。1958年之后，全县又实现了人民公社化，洪泰岳再一次找到蓝脸，劝他入社。可蓝脸每次都不以为然，因为在他看来：“亲兄弟都要分家，一群杂姓人混在一起，一个锅里摸勺子，哪里去找好？”为此，洪泰岳一直视蓝脸为油盐不进的眼中钉。

国家大炼钢铁、兴修水利的时候，洪泰岳带着人冲进了蓝脸的西厢房，把他和西门驴拖了出来。“上边说了，你非要单干，那就只好让你单干，但大炼钢铁、兴修水利都是大事，每个公民都有义务参加。这次你不能再投机了。”

蓝脸没有争辩，他牵着西门驴，跟着那些人一路朝区政府走去。没想到，在路过西门家的祖坟时，正好遇到一群学生在老师的带领下扒坟拆砖。那一刻，西门驴简直就要疯了，他冲进人群，不仅咬破了一个高个子老师的头，踢倒了撬墓的学生，还丢下蓝脸，自己消失在了黑森森的松林中。

西门驴在高密东北乡的地盘上狂奔了两天后，遇到了陈县长。投胎为驴以来，与陈县长在一起的日子，是他最风光的一段时间。只是好景不长，西门驴也有驴失前蹄的时候。成为瘸驴后的西门驴，又被送回了蓝脸的身边。蓝脸又愤怒又心疼，为了让西门驴能像之前一般行走，蓝脸和迎春用了3个月的时间，给西门驴做了一只假蹄子。西门驴非常感动，他本想穿着这只假蹄子，为蓝脸再卖几年力气。却不料想，随之而来的饥荒将人们变成了凶残的野兽。

面对饥民，蓝脸浑身战栗，那一刻，他知道自己再也护不住西门驴了，便扔下棍棒逃跑了。蓝脸跑后，西门驴被刀砍斧剁，命丧黄泉。

Day 3.

放下执念，也是放过自己

西门驴被饥民们用铁锤砸破脑壳后，倒地而死。灵魂又飘回了阴曹地府。面对阎罗王，西门闹仍然据理力争地为自己鸣不平，丝毫没有放下、放过的意思。几经周折后，西门闹成了一头牛。1964年10月1日，蓝脸带着蓝解放赶集去买牛。冥冥之中，蓝脸看中了一头刚刚拴上笼头不久的小公牛。而这头牛就是西门闹的转世——西门牛。

1965年，洪泰岳为了消灭蓝脸这最后一个单干户，动员了西门屯里德高望重的老人、能言善辩的女人、心灵嘴巧的学童，挨个去蓝脸家游说。男人们围着蓝脸，女人们围着迎春，学童们则围着西门金龙、西门宝凤和蓝解放。迎春见状，忙与蓝脸商量："他爹，咱们还是入了吧。要不孩子们上学，都没人把他们当人看。"

可蓝脸却不松口，他就是不愿意被逼着入社、被赶着服软。所以，蓝脸宁愿白天不出门，晚上扛着铁锨去田地里干活。可金龙和宝凤却没有蓝脸那般倔，他们毕竟是西门闹的儿女，顶着"地主少爷""小姐"的帽子，如果再不追求进步，那就永无出头之日了。于是，金龙和宝凤谢过了蓝脸17年的养育之恩后，便带着迎春一起加入了人民公社。

蓝解放既佩服蓝脸的个人英雄主义，也不忍心看蓝脸在“单干”的这条路上形单影只。于是决定跟着父亲单干，并在蓝脸去省里上访期间，独自躲在牛棚里和西门牛一起等待蓝脸的归来。

自从金龙加入人民公社后，只要一见到蓝解放，就会“恨铁不成钢”地拿杆子打他。蓝解放反抗，金龙就打得更凶，可蓝解放却和蓝脸一样，是个硬骨头，宁愿挨打，也不愿屈服。只是，这样“与全世界为敌”的日子过了一段时间后，蓝解放就有些倔不下去了。因为他发现除了上访未归的父亲蓝脸以外，就连他家的牛都不是他的同伴，挨打的时候从来不帮他。

后来，蓝解放唯一的“同伴”蓝脸回村了，但蓝解放还是高兴不起来。因为他发现自己的哥哥金龙竟成了别人的“兄弟”。人的情感有时候就是很复杂，虽然蓝解放嘴上说着与金龙不共戴天，但心里却始终想着这个同母异父的兄弟。

20世纪60年代，屯子里兴起了“四清”运动。“四清”队伍里，有一个才华横溢的省艺术学院声乐系学生常天红。后来，常天红跟着“四清”工作队撤走了。宝凤的心也跟着走了，因为她早在常天红跟金龙一起演唱革命歌曲时，就喜欢上了他。所幸，宝凤是个清醒的人，她喜欢常天红，却也知道他们之间的可能性几乎为零。尤其是在常天红“造反立功”，荣升了县革委会的副主任后，宝凤的心就彻底凉了。

一个年纪轻轻就当上县级领导干部的人，怎么可能会娶一个农村姑娘呢？如今，常天红和宝凤，彼此差距已是一天一地。常天红离开后，宝凤绝口不提婚嫁，转而将精力放在了提升自己上。在卫生局做接生员时，她习得了一些医护常识，并做起了西门屯的“赤脚医生”。没想到这一次，宝凤救的，竟是自己的养父蓝脸。

自从金龙成立了“金猴奋起”红卫兵西门屯支队后，对蓝脸这个“单干户”便愈加刻骨仇恨了起来。金龙警告蓝脸：“如果你还不放弃单干，我们就把你放到红油漆桶里泡起来。”蓝脸抹了一把脸想为自己辩驳，却不料想，红油漆流进了眼睛里，疼得满地打滚。宝凤赶到后，为了帮蓝脸保住视力，先是麻利地擦拭着蓝脸的眼睛周围，而后又用清水冲洗了蓝脸的眼睛，最后则是为他滴上了眼药水，并做好了包扎。

正当所有人都舒了一口气的时候，不满金龙等人横行霸道的西门牛却在牛棚里发出了奇怪的声音。似哭，似笑，也似叹息。接着，有着西门闹记忆的西门牛大闹集市，他既想表达反抗，也想表达愤怒。奈何寡不敌众，几番回合之下，西门牛被人民公社的杀猪人劈断了牛角昏了过去。

“姜太公钓鱼，愿者上钩。”说的是一个“愿”字；周瑜打黄盖，一个愿打一个愿挨，讲的也是一个“愿”字。所以，蓝脸拒绝的根本不是人民公社，而是“牛不喝水强按头”的强人所难。在蓝脸和蓝解放一直被逼着加入人民公社的岁月里，金龙又在常天红副主任的任命下，当上了高密县银河公社西门屯大队革命委员会的主任。

那个时候的他，正事业得意、爱情丰收，开始把精力都放在了唱戏上。今天一出《红灯记》，明天一场《沙家浜》，一个月里，金龙能组织十几次革命现代京剧演唱会。金龙的戏班子令人耳目一新，选角的过程也充分调动了村民的积极性。蓝解放在戏班子的诱惑下终于顶不住了。因为不加入人民公社，就没办法在戏台上一展歌喉。几番挣扎之后，蓝解放撇下蓝脸，一个人带着西门牛和一亩六分地，加入了人民公社，并得偿所愿在《红灯记》中拿到了自己想唱的角色。

唱戏虽能愉悦身心，但唱戏毕竟唱不出个窝窝头来。村民们一开始觉得新鲜，日子一久，便想起了"农民要活命，只能靠种地"的本分。所以当蓝脸挑着牛粪，孤零零地从村民们眼前走过时，他们不再觉得蓝脸是硬骨头，反倒生出了一丝羡慕。可羡慕归羡慕，谁也不想被孤立，更不愿当挑头人带领大家和金龙唱反调。直到常天红因为个人作风问题被撤了职，金龙失了靠山，又弄掉了胸前的陶瓷像章，村民们才齐心协力地把他弄下了台。

时值春耕，下台后的金龙，被安排牵着西门牛参加劳动改造。起初，西门牛还算配合，可突然有一天，他就卧在地上罢工不动了。金龙见状，扯下牛鞭在西门牛的背上连抽了二十鞭，累得气喘吁吁、满头大汗，却仍不见西门牛动弹。金龙既打不动西门牛，便想到了烧牛。于是，他点了一把火，将西门牛的皮肉都烧焦了却还不解气，仍然嫌火烧得不旺，继续往里面添加玉米秸秆，直到西门牛凄楚、悲凉地倒在了单干户蓝脸那一亩六分的田地里，他才罢休。

西门牛死了，直到最后，他都和蓝脸一样，不愿被人强迫做不想做的事。只是虎毒不食子，因为金龙是西门闹的儿子，所以西门牛宁愿挨打，宁愿被火烧，也不愿因为反抗而伤到金龙。然而，他的善意却没有得到金龙的善待。所以，他还是心存怨气，并抱着这份怨气久久徘徊在西门屯的土地上不肯离去，最终像一堵墙壁，沉重地倒下了。

Day 4.

如果无法改变外界，不妨试着改变自己

西门牛被烧得血肉模糊，魂魄又重新回到了阴曹地府。西门闹本以为这一世可以安心做人，阎罗王却偏让他回到高密县东北乡转世为猪。

20世纪70年代，农村掀起了养猪的风潮，在那段时间里，养猪成了最光荣、最艰巨的岗位。金龙倒台后，洪泰岳官复原职。他对村民们说："要在一个月内，兴建二百间花园式猪圈，实现一人五猪的目标。"金龙听着洪泰岳的豪言壮语，眼中闪烁着兴奋的光彩。他是个识时务的人，非常懂得如何去抓住风口。得知养猪是大势所趋后，金龙便带着人千里迢迢地去沂蒙地区，花5000元买回了1057头山猪。金龙能在养猪的红火日子里低价买回这么多头，也算是立了大功。所以，他在洪泰岳那里又重新受到了重用。

上一世，西门闹还是西门牛时，金龙正春风得意，所以没少打压西门牛，最后甚至烧死了西门牛。这一世，金龙对西门猪的态度却180度大转变。为了让西门猪拥有一副好身板，金龙不仅给西门猪安排最舒适的猪舍，还亲自给西门猪调配最有营养的饲料。得知在西门屯召开"全县养猪现场会"的消息

后，更是把当天表现的机会留给了西门猪。

西门猪有着人的思维，与其他猪相比，他既能上树，也能游泳，还能轻松直立，深得金龙等人的喜爱。为了证明自己的与众不同，西门猪在个人表演的环节，用爬树和倒立赢得了县领导的掌声，并为西门屯争取到了两万斤的饲料粮。

所谓“一人得道，鸡犬升天”，西门猪得势，沂蒙山猪也跟着伙食好了起来。但好景不长，在1972年那个北风呼啸、大雪纷飞的日子里，饥饿和寒冷粉碎了西门屯所有人的梦想。由于公社粮管所的负责人贪污，两万斤的饲料粮里混杂了许多老鼠屎和霉粮。不到一个月，西门屯大队里的粮库就频频告急了。除了西门猪可以吃到些许精粮外，其他的沂蒙山猪只能靠沤烂的树叶和棉籽皮果腹。只是，属于西门猪的精粮也是吃一次少一次。直到1973年春天，大批的饲料调拨下来，西门屯的养猪场才恢复了往日的生机。可惜好景不 长，1976年8月20日，一场来势凶猛的传染病袭击了西门屯的养猪场。那个时候，距离金龙娶黄互助、蓝解放娶黄合作，刚好过去了三年，爱恨纠葛已断，人生也已有了不同的轨迹。黄互助和黄合作，是西门屯村民队长黄瞳和西门闹三姨太吴秋香的女儿。

眼看一切即将开启新的篇章，养猪场的猪却莫名其妙地染病死了。西门猪因为吃了许多西门白氏准备的蒜泥饭，勉强在瘟疫中幸存了下来。西门猪本想好好留在西门屯的养猪场，继续报答金龙的喂养之恩，却因失手杀了想伤害他的许宝，而不得不离开，并一路逃到了吴家嘴沙洲，做了那里的猪王。

西门猪在吴家嘴沙洲做“猪王”的四年，总有种“独在异乡为异客，每逢佳节倍思亲”的伤感。1981年4月，西门猪瞒着所有猪，独自回到了西门屯。虽然他知道，几年的光景一定会发生翻天覆地的变化，却还是有两个点让西门猪流下了眼泪。其一是农村改革进入了“包产到户责任制”的阶段；其二是地主阶级摘帽，金龙改回了西门姓氏。西门猪到的时候，一边是金龙一行人在秋香开的酒馆里庆祝“摘帽”；一边是已经卸任多年的洪泰岳，拉着蓝脸号啕大哭。

蓝脸知道，洪泰岳不是反革命，他只是思维固化，一时难以接受罢了。西门白氏摘掉了地主的帽子后，感念洪泰岳之前对她的照顾，也愿意在余生伺候洪泰岳到老。没想到，洪泰岳借着酒醉，一边说着极具侮辱的话语，一边扯掉了白氏的衣服，打算轻薄于她。洪泰岳嘶吼着：“我要专你的政，你的血管里流着地主的血，你的血有毒！你一辈子都是我们的敌人。”说罢，洪泰岳不容白氏抵抗，就将整个身子压在了她的身上。白氏吓得全身瘫软，不知所措之际，只见西门猪像暴走的凶兽一般扑到了洪泰岳的身上。洪泰岳猛地转身，想用手抵挡，却差了一步，酿成了生殖器尽毁的悲剧。洪泰岳被送去医院抢救时，白氏当即悬梁自尽。

西门猪咬伤洪泰岳后，预感到这件事不会就此罢休，便连夜跑回了老巢想对策。中秋节过后，西门屯的人果然发起了“猎猪行动”。虽然在这次行动中，西门猪幸免于难，但他终究还是没逃过死神的召唤。

Day 5.

好的婚姻，是相互成全

由于沙洲土著野猪羽翼丰满后搞分裂，西门猪在与“猎猪行动”对抗时，失去了猪群中最好的朋友。他万念俱灰，于是让出了猪王的位子，并永远离开了吴家嘴沙洲。没想到，此次离开却阴错阳差地躲过了半个月后人类对沙洲野猪的屠杀。

劫后余生的西门猪拖着疲惫的身子，没日没夜地在西门屯附近游荡。某个没有太阳的下午，西门猪在河道边灰白的冰面上，看到一群孩子在嬉戏。定睛细看，才发现他们分别是蓝解放和黄合作的儿子蓝开放、西门宝凤和马良才的儿子马改革、西门金龙和黄互助抱养的儿子西门欢、常天红和庞抗美的女儿常凤凰。

突然，河面冰层拆裂，孩子们落入冰河之中，正值手足无措、对着村庄求救之际，西门猪已跳入冰河，用嘴把孩子们一个又一个地拖上了冰面。眼看大功告成，西门猪却因缺氧被冰面撞破了头，永远沉入了水底。意识再度恢复清醒时，西门闹的灵魂已被两个鬼卒扯着胳膊，从河里提了上来。鬼卒笑嘻嘻地看着再度往生的西门闹：“哥们儿，又见面了！”

西门闹看着嬉皮笑脸的鬼卒，却怒火中烧：“快带我去见阎王，我要跟这条老狗算账。”这一世，阎罗王为了避免西门闹再闹公堂，简化了轮回转世的程序，直接让西门闹成了西门狗。而这一世，迎接他的，仍然是他曾经的二姨太——迎春。

迎春家先后失去了驴和牛后，又收养了一只老母狗。这天，母狗先后产下了四只小狗，迎春惊喜地叫来蓝脸道：“他爹，你说巧不巧啊，炕上有四个小孩，三男一女；炕下有四只小狗，三公一母，就像是对应着生的一样。”

只是高兴之余，迎春也惴惴难安。生怕如此鲜活的生命会因看顾不周而发生什么意外。想到这，孩子们那天落水的画面，再次浮现在了眼前。迎春唯恐这样的事情会再次发生，于是便以文化不高和体力不支为由，将四个孩子各自交还给他们的父母。离开时，四个孩子各自抱走了一只狗。蓝开放把西门狗抱在怀里时，他还是只毛茸茸的小犬。

谁也没有想到，六年后，西门狗竟变成了一只威武的大狗。而蓝解放的变化更是令人既羡慕又妒忌——他竟不声不响地从政工科科长，一点点地坐上了副县长的位子。

蓝解放野心勃勃，他对自己的才华和努力非常有信心，并不打算止步于副县长。但人就是这样，事情进行得越顺利，就越容易给自己下绊子。蓝解放就是这样的人，当黄合作和蓝开放以为蓝解放是个追求上进的“工作狂”时，除了西门狗，没有人能嗅到他身上属于另一个女人的味道。

1990年，20岁的庞春苗在蓝解放朋友的引荐下，走进了蓝解放的办公室。庞春苗是庞虎和王乐云的二女儿。她的姐姐庞抗美出生那天，曾受到过蓝脸和西门驴的救助和照顾。也正是因为这份机缘，两家人才结下了深厚的情谊。蓝解放结婚时，庞春苗曾跟随父母来观礼。那时的她还只是个孩童，全然不懂情为何物。十几年后，庞春苗情窦初开，谁都不爱，却偏偏爱上了蓝解放这个长得丑又有家室的男人。

这天，庞春苗借故到办公室找蓝解放商量，没说两句就突然哭了起来。蓝解放见庞春苗哭了，方寸大乱。在不知道该如何安慰庞春苗的情况下，蓝解放竟怜从心生，鬼使神差地一口吻住了庞春苗。 此后，蓝解放的心如同庞春苗的头发凌乱不堪。他不知道庞春苗为何没拒绝，也不知道回去该如何面对黄合作。只是愧疚归愧疚，婚姻不可能靠愧疚去维系。与黄合作的婚姻，从一开始就是名存实亡的无奈之举，根本就不存在爱情。可蓝解放对庞春苗却不一样，他爱庞春苗。所以，他必须和黄合作离婚。

离婚对黄合作这样传统的女人来说，影响力不亚于“世界末日”。十几年来，蓝解放记得的永远是黄合作身上炸油条时留下的油烟味，而不会注意到黄合作为这个家的付出。黄合作觉得讽刺，她不甘心，于是，把心里话一股脑儿地倒给了西门狗。黄合作说：“你什么都看到了，他背着我有了人，现在要抛弃我们。我在他的衣服里发现了两根女人的头发，你鼻子比我灵，帮我找到她吧？”

西门狗早就闻到了蓝解放身上属于庞春苗的味道。所以，他没有犹豫，径直把黄合作带到了庞春苗面前。“怎么会是你？”起初，黄合作看到庞春苗时，还有点不太相信。直到黄合作看到庞春苗眼神中的躲闪和恐惧，她才用略带威胁的神态，咬破手指在树皮上写下：“离开他!!!”

庞春苗吓得哭着离开，因为她知道自己爱得名不正言不顺，爱得毫无底线。即便如此，哪怕飞蛾扑火，庞春苗也想为爱疯狂一次——她决定和蓝解放私奔。黄合作见蓝解放执意要离婚，心凉了一半。为了挽回这段婚姻，黄合作将蓝解放出轨庞春苗的事，告诉了远在西门屯的家人们。只是蓝解放太喜欢庞春苗了，即便众叛亲离、官途尽毁，也根本离不开她。

黄合作见状不再勉强，所以她任由庞春苗去家里带走了蓝解放。临走时，黄合作说：“蓝解放你记住，你可以走，但是只要我还活着，你就别来跟我提离婚的事。”

相对于蓝解放情感和身体的忠诚，黄合作此刻想守护的，是那冰冷的一纸婚书。仿佛只有这样，她的日子才能撑下去。在蓝开放的跪求和西门狗的灼灼目光下，蓝解放带着庞春苗像刚逃过法海追捕的白蛇和许仙一样，一路跑回庞春苗单位分的宿舍，后来又一路辗转，在西安安顿了下来。

蓝解放去西安后不久，他的母亲迎春就因为郁结难舒，患病离世了。只是，迎春走也走得并不安稳，因为有人跳出来搅局，惊扰了她的长眠。

Day6.

不停追逐人生的天花板，有时只是一场强求

迎春的葬礼，在金龙的操办下既风光又热闹。眼看迎春的棺材即将进入墓道，突然一个满身酒气、站得七歪八斜的男人却从看热闹的人群中冲了出来，并一路跌跌撞撞地站在了迎春的墓上。他就是曾经西门屯的村长洪泰岳。在洪泰岳的认知中，仿佛金龙在西门屯做的一切建设，并不是与时俱进，而是单纯地想走资本主义。因此，洪泰岳在腰间绑了一圈雷管，准备通过献祭生命来表达自己的不满。随着一声沉闷的爆炸声，西门金龙与洪泰岳双双奔赴黄泉。

后来，黄合作因为罹患癌症，随蓝开放、西门狗一起搬回了西门屯。黄互助照顾黄合作饮食之余，常常哀叹生命无常，遂与宝凤一起为黄合作搜罗了各种偏方。奈何黄合作生无可恋、一心求死，不仅拒绝了所有的偏方，还拒绝了去大医院看病。临终前，黄合作唯一放心不下的就是蓝开放。所以，黄合作特意找来了蓝解放和庞春苗。黄合作说："解放，咱俩也算是夫妻一场，我死之后，你们不用再东躲西藏了。求你们好好照顾开放，这孩子跟着我们吃尽了苦头。"

"死去的人难再活，活着的人还要活下去。"蓝解放办理

完黄瞳、秋香、黄合作的丧事后，便在西门家大院住了下来。

“子欲养而亲不待”，蓝解放一直愧疚于没能送母亲迎春最后一程。

如今父亲蓝脸的身子也大不如前，即便他还因庞春苗的事情而不肯原谅蓝解放。1998年中秋，当蓝脸得知蓝解放和庞春苗正式领了结婚证后，他便带着西门狗走出了西门大院，将自己埋在了黄土里。临终前，蓝脸已了无牵挂，正如他对蓝解放说的那般：“你们终于修成正果了，我也没有心事了。”原来，蓝脸嘴上对蓝解放说着狠话，心里却比任何人都爱得深沉。

蓝解放埋葬了蓝脸和西门狗后，便在同学沙武净的安排下，在县城的文展馆谋了一份闲差。说是同学情深，不如说是新高密县委书记卖老县委书记一个人情。因为老县委书记和庞春苗的父亲庞虎是几十年的好朋友，所以他不忍看到庞虎风烛残年之际，两个女儿均无法承欢膝下，便找到沙武净托付了这件事。

庞虎也是一个传统的人，他和蓝脸一样，在得知庞春苗插足蓝解放的婚姻生活后，便一怒之下跟庞春苗断绝了父女关系。如今庞虎年近八十，心肠软了，泪水也多了，再加上妻子已逝，大女儿庞抗美被“双规”，外孙女庞凤凰又不知所终。得知庞春苗与蓝解放结为合法夫妻后，他便托了人找了关系，促成了蓝解放工作的事。蓝解放和庞春苗都是孝顺的人，沙武净说明缘由后，他们便一口应了下来。

重逢后，三个人其乐融融，本以为这样幸福的日子会一直过到老，结果天不遂人愿。庞春苗刚被确认怀孕后不久，就因车祸而永远地离开了蓝解放。庞虎痛失爱女，一病不起，没多久也去世了。庞抗美在狱中得知父亲和妹妹已逝的消息后，也随之奔赴了黄泉。蓝解放安葬好他们后，便被蓝开放接到了他们在县城里的旧居。而在那里等着蓝解放的，则是靠剪纸为生的黄互助。善解人意的蓝开放，便为姨妈和父亲创造了独处的机会。

另一边，为了弥补姑姑西门宝凤年轻时的遗憾，蓝开放亦安排刚刚丧妻的常天红去见了守寡多年的西门宝凤。蓝开放看着长辈们都有了着落，既高兴又落寞。因为他心里如公主一般的庞凤凰，还不知身在何方？自从在祖母迎春的葬礼上与庞凤凰匆匆一别后，蓝开放便数年没有再见过庞凤凰。郭襄是“一见杨过误终身”，蓝开放也是一样。他一直深爱着庞凤凰，甚至把喜欢庞凤凰当成了一种习惯。蓝开放就一直在等着庞凤凰。一天，庞凤凰真的出现了。

2000年元旦，在高密火车站的广场上，出现了一对耍猴的男女和一只身材巨大的马猴。这只猴就是西门闹的转世——西门猴，这对耍猴的男女一个是庞凤凰，一个是西门欢。这一世，西门猴仍然是个“忠仆”。他目光灼灼，表面上是在卖力地演出，实则却是在保护庞凤凰。很快地，庞抗美的女儿和西门金龙的儿子耍猴卖艺的消息传遍了县城和乡村，也传到了蓝开放的耳朵里。

蓝开放得知消息后，一路跑到了火车站广场。这个对罪犯冷酷无情的年轻警官，在见到庞凤凰的那一刻眼睛瞬间模糊了起来。因为他做梦也没想到昔日的金童玉女，竟流落街头耍猴卖艺。那一刻，作为车站派出所的副所长，蓝开放本可以利用职权，把西门欢和庞凤凰逐出车站广场，但他没有这样做，反而在西门欢意外去世后，站在庞凤凰和西门猴的身后，当起了他们的保镖。

所里的部分警察纷纷向所长表达不满，所长珍惜蓝开放这个人才，动之以情、晓之以理地说："开放老弟，县城里有多少好姑娘啊，为一个耍猴的女人，你看看她那模样，像个什么？"但爱情从来都是不可理喻的，蓝开放告诉所长："所长，你撤了我的职吧。如果我连当警察的资格也没有了，那我就辞职。"

毕竟是男未婚女未嫁，既然蓝开放心意坚决，别人也就不好再掺言。可庞凤凰却是个铁石心肠的女人，她不肯接受蓝开放，还嘲讽地说："想要我嫁给你，除非你的蓝脸变白。"

蓝开放是蓝脸的子孙，自然也继承了他的半张蓝脸。庞凤凰原本只是想让蓝开放知难而退，没想到蓝开放竟当了真，专程去青岛忍着剧痛做了"换皮手术"。冒着生命危险去"换皮"的蓝开放终于得到了庞凤凰的爱。当他把这个好消息分享给蓝解放和黄互助时，本以为会得到长辈们的祝福，可等待他的却是一个残酷的真相。原来，庞凤凰竟是西门金龙的女儿，亦是自己的表妹。那一刻，蓝开放简直要发疯。

于是他冲到庞凤凰所在的地下室，一枪击毙了西门猴，随后又把枪口对准了庞凤凰。蓝开放本想与庞凤凰共赴黄泉，却在扣动扳机的那一刻，犹豫了。2000年底，庞凤凰独自在阴暗潮湿的地下室，生下了她与蓝开放的儿子蓝千岁。由于是近亲生子，所以蓝千岁从小便患上了无药可医的顽疾。庞凤凰去世后，蓝解放和黄互助一直精心照顾着“脑袋大身子小”的蓝千岁。直到蓝千岁5周岁生日那天，才从蓝千岁的口中得知了他为驴、为牛、为猪、为狗、为猴的累世经历，并跟随蓝千岁的记忆，回顾和反思了西门闹“平凡却又不凡”的一生……

Day 7.

害怕失去，才是人生痛苦的根源

莫言曾说：“诺贝尔文学奖的评委主要是因为读完了《生死疲劳》，才把这个奖项授给了我。”

主人公西门闹曾是一个害怕失去且心有怨恨的人。阎罗王为了消解他的积怨，让他五世堕入畜生道，去体验世间疾苦，化解心中的戾气。西门闹起初不懂，为什么既往的功德与因果，不能为自己换来一次满意的转生？但几经轮回后，西门闹明白：万物皆空，缘来缘尽看似无常，实则平常。执念也好、荣华也罢，到头来不过是镜花水月，为他人做衣裳。

莫言想借由《生死疲劳》告诉读者有关“空”的深意。在“空”的影响下，西门闹待人处世的思想和观念，也随之发生了变化；在“空”的影响下，西门闹终于学会了放下。

“空”谈生死观

在庄子看来，生就是有形体地活着，死就是没有形体地活着。有生必有死，万物皆如此。生死不过是自然变化的一个过程，所以应坦然、乐观地面对死亡。道理人人都懂，却并不是每个人都能坦然面对。西门闹就是这样，他死不瞑目、满怀仇恨，即便在地府受尽了折磨，也无法从容面对死亡。

因为西门闹并不明白“死亡不足忧”的道理，只是一味地执着于死亡带给他的一无所有。在地府，西门闹为自己鸣冤时，阎罗王曾对他说了这样一番话：“世界上许多人该死，但却不死；许多人不该死，偏偏死了。这是本殿也无法改变的现实。”

虽然“乐生恶死”的观念是人之常情，却也没人有能力阻止死亡，因为这是每个人来人世间后，都必须经历的事情。人这一生，灰头土脸也好、光彩照人也罢，最终都会埋在黄土之下，这是谁都改变不了的规律，所以我们唯一能做的，就是珍惜好“生”，坦然看“死”。只有如此，才能在“生”的时候不负时光，“死”的时候坦然不惧。

“空”谈救赎观

西门闹经历了几世轮回后，对阎罗王说：“我已经没有仇恨了。”

阎罗王点点头，说：“这个世界上，怀有仇恨的人太多太多了，我们不愿让怀有仇恨的灵魂再转生为人，但总有那些怀有仇恨的灵魂漏网。”

西门闹一直以为，是世道的不公、旁人的凉薄，才逼他一次又一次地命丧黄泉。如果大家能对他仁慈一些，或许他也不会满身戾气，被阎罗王一次次推向畜生道。直到西门闹慢慢放下仇恨，他才明白，原来放下仇恨依靠的从来都不是别人，而是自己。

诚如心理学家阿尔伯特·艾利斯所说，情绪和行为受制于认知，认知是人心理活动的“牛鼻子”，把认知这个“牛鼻子”拉正了，情绪和行为的困扰就会在很大程度上得到改善。如果你能明白，这世上没什么值得你愤怒或困扰，就会发现其实美好也好、磨难也罢，都不过如梦幻泡影般弹指可破。

“空”谈处世观

人活一世，注定要承受许多委屈。芸芸众生，皆在苦海里泅渡。没有谁的人生是一帆风顺的，但逆境中或许也会藏着机遇。

人无法支配自己的命运，但可以支配自己对命运的态度。人过于计较自己的命运，尤其是过于在乎自己的得失，其实就是在自我消耗。因为“人在世间走，注定一场空”，即便是你的过去，也如西门闹般事业、家庭皆成功，却也逃不过一个“空”。与其处处计较、步步不让，倒不如怀着“空杯”的心态，放下过去的一切荣耀，向前看，并积极地过好当下，才能波澜不惊、无坚不摧。

当西门闹放下累世的荣耀与仇恨后，不再愤恨世人的凉薄，也不再计较蓝千岁的样貌丑陋和身患顽疾时，才真正意义上明白：不管你如何想规避叫苦不迭的磨难，有些雨雪也注定要挨，有些泥沙更必须蹚。

《杀死一只知更鸟》

关于勇气与成长

［美］哈珀·李

美国女作家哈珀·李发表于1960年的长篇小说《杀死一只知更鸟》，1961年即获当年度普利策奖，后被翻译成40多种语言，一经出版便获得极大成功，成为美国现代文学的经典。

故事发生在20世纪30年代，美国南部亚拉巴马州一个叫作梅科姆的小镇上，以一个小女孩天真的视角，为我们讲述了她成长过程中发生的一系列看似平常，却扣人心弦又极具代表意义的事件。

扫码收听本书音频

MAI JIA READING WITH YOU

Day 1.

父母的言传身教，为孩子的格局打了底

斯科特是一个还处在童年的小女孩，天真善良，勇敢正直。与那个时代背景下“淑女文化”格格不入的她，也成了好事之人议论的话题。斯科特的性格特点体现出她家庭教育中开放自由的成分，而这一切都源自阿蒂克斯——她的父亲，也是镇上著名的律师。

由于妻子过早地离世，孩子的教养责任都落在了这个家庭的男主人身上，他的性格特点在该书的一开始并没有和盘托出。我们只知道这个故事里有个叫阿蒂克斯的角色，也许读了两章才后知后觉，原来他竟是斯科特的父亲。因为在斯科特的叙述中，一直称呼他为“阿蒂克斯”。

和斯科特同住小镇上的杜博丝太太就对此怨念颇深，在某次偶然听到斯科特的哥哥杰姆直呼父亲为“阿蒂克斯”之后，她气得几乎要中风。镇上的这些风言风语，阿蒂克斯或多或少都有所耳闻，但他依然坚持自己的教育观念，并没有因为他人的议论而改变初衷，更没有对孩子设置出条条框框，强迫他们去成为“别人家的孩子”。

镇上的邻居中，怪人拉德利家的故事和传说由来已久，这也成为该书的故事主线之一，怪人拉德利更是该书中“知更鸟”一词的其中一个真实化身。斯科特与杰姆曾多次与阿蒂克斯谈论起怪人拉德利家的事情，渴望从父亲那里得到更多的情报。对此，阿蒂克斯并没有像其他人一样，对别人妄加评论，抑或是批评自己的孩子多事，而是站在中立的角度回答：“你只要明白这一件事，斯科特，你与形形色色的人都会交往得更好。你永远也无法真正理解一个人，直到你用他的眼睛来看世界，直到你钻进他的皮肤，和他一起走路。”

另一场重头戏则开始于一场辩护，白人律师阿蒂克斯为黑人犯罪嫌疑人汤姆·鲁滨逊辩护。当时的美国正在经历最为严重的大萧条时期，而美国深南州也是种族压迫最为严重的地方。所以，阿蒂克斯的这一决定在镇子上引起了轩然大波，几乎全镇的白人一边倒地开始了对阿蒂克斯的嘲笑与攻击。其中就有恶毒的杜博丝太太，她不肯放过任何一个贬损他的机会。

她称芬奇家不仅有人端盘子，还有人在法庭里帮“黑鬼”打官司！杜博斯太太的这一恶言击中了杰姆的要害，她自己也知道。然而她还是觉得不过瘾，继续放肆道：“没错，当一个芬奇家的人和自己人作对时，这世界会变成什么样？我来告诉你们！”“你们父亲比他为之效力的那些“黑鬼”和无赖好不到哪儿去！”之后还将言论上升到对芬奇整个家族的攻击。这直接导致了性格一向沉稳的杰姆在杜博丝太太的花园里实施了“毁坏山茶花”行动。

对于这一切，阿蒂克斯是如何处理的呢？首先他在自己接下这个案子之初就给两个孩子打过预防针，不久就会出现关于他的各种言论，其中大部分都将会是恶意的评论，包括那些平时看上去很好的人也可能会参与其中。他对孩子们说，遇到这些时，要“抬起头，放下拳头”。而对于儿子毁坏杜博丝太太山茶花的行为，他只是针对行为本身给儿子以惩罚，让他知道这种行为是需要受到惩罚的。

但是当听到儿子说自己其实并不想道歉时，他的反应并不是“你这浑小子，弄坏了别人的东西还不想道歉”这样的言论，而是“如果你不觉得有什么歉可道，你就没有必要道歉”。听上去更像一句掷地有声的承诺：孩子我相信你，相信你的一切，我选择理解你的一切做法，因为我们彼此相爱。

在对自己恶语相向的杜博丝太太那里，他教孩子们通过每日为她读书的方式，从她身上学会真正的勇敢，当杰姆说：“她说了你那么多坏话，你还管她叫女士？”他的回答是：“她是位女士。她对事物有自己的看法，和我的很不同，也许……儿子，我告诉过你，如果你那次没有失去理智，我也会让你去给她读书的。我想让你从她身上学些东西——我想让你见识一下什么是真正的勇敢，而不要错误地认为，一个人手握枪支就是勇敢。勇敢是当你还未开始就已经知道自己会输，可你依然要去做，而且无论如何都要把它坚持到底。你很少能赢，但有时也会。”

在接手汤姆·鲁滨逊的案子之初，斯科特问阿蒂克斯为什么要接这个案子。阿蒂克斯并没有丝毫逃避与搪塞，而是非常坦诚地告诉孩子："有几个原因，最主要的是，如果我不去做，我在镇上就抬不起头来，我就不能在立法委员会里代表这个县，我就不能再教导你和杰姆如何做人。"

当被问及会不会赢时，他的回答是："也许不会，但是不能因为我们在此之前已经失败了一百年，就认为我们没有理由去争取胜利。"

书读至此，相信你也已经不止一次被这个父亲的形象所震撼和感动，也会不禁思考，家庭教育的真正意义究竟应该是什么？是让孩子凡事只知真善美，一概不提假恶丑？又或是告诉孩子世道凶险、人心不古，要学会明哲保身，事不关己、高高挂起？正如阿蒂克斯教会我们的，教育应该是包容而不是纵容，自由而有底线；要让孩子认清现实中存在的不公、晦暗之后，依然可以正直善良地热爱生活。

Day 2.

一个人的光芒，藏在他少年时的经历中

在斯科特快要满6岁的那年夏天，她结识了来自密西西比的迪儿。迪儿脑子里总是装满了各种古怪的计划、奇妙的渴望和有趣的幻想，这让斯科特很是好奇。到了8月底，迪儿又想出个主意：引诱怪人拉德利出来。

据街坊传说，拉德利家的小儿子，少年时结识了一群来自老塞罗姆的坎宁安家的人，形成了一个梅科姆小镇的人们从未见过的类似团伙的组织，做着一些被镇子上的人认为不三不四的事情。最后因为一次少不更事的"胡闹"，被老治安员康纳先生起诉，少年拉德利也因此在此后的十五年间被爸爸禁闭在屋子里。关于怪人拉德利和他的故事，斯科特和杰姆也只是道听途说，从没有亲眼见过他本人。

杰姆根据听来的传说，给了一个在斯科特看来很合理的描述：根据脚印推算，怪人身高约六英尺半（约1.98米）；他生吃松鼠，还有任何他能抓住的猫……迪儿在一旁也越听越向往，这也促成了三人组与拉德利家的第一次亲密接触，由杰姆发起对拉德利家的第一轮进攻。

杰姆只需推开院门，碰一下拉德利家房子的墙壁就算成功，以此来证明他并非因为害怕而逃避。第一轮实验在杰姆的忐忑与上气不接下气的逃跑中结束，那座老房子还是那样，无力而阴森。可是斯科特却捕捉到一个重要的细节：当他们隔着街道凝望它时，好像看见房子里面的百叶窗动了一下，只是轻微一闪，之后整座房子又归于沉静。

9月初，伴随着迪儿的离开，斯科特也迎来了她的小学生涯，可斯科特第一天的小学生活体验并不如期待中那么完美可爱。上午还没过去，她就被卡罗琳老师揪到教室前面，拿尺子打了掌心，还被罚站在墙角，一直到中午。而这一切只是因为她在课堂上读出了老师还没有教过的字，便被认定为是阿蒂克斯在家私自教她。

卡罗琳老师对此非常厌恶，认为这样反而会影响她的阅读，并让斯科特转告她的父亲停止这样的行为。但事实是阿蒂克斯并没有刻意教过斯科特什么，她能认识这些字完全是因为天性对文字的敏感和热爱，而阅读对她来说更是像呼吸般自然。这种种的限制和误解，直接导致了斯科特对于学校的厌恶与恐惧。

当杰姆询问她第一天的感受如何时，她便直接地表达了自己的小情绪："要不是非待在这里不可，我早就离开了。"

无聊中，斯科特便给迪儿写起了信，却不幸地又一次被卡罗琳老师发现并对她发出了警告。她固执地认为，斯科特的认字行为会影响她阅读，却并未以平等的心态来了解斯科特的内心想法。

此后的学校生活依旧让斯科特觉得无趣和乏味，好在“神奇树洞事件”的出现，让她重新燃起了好奇心。

“神奇树洞”是来自拉德利家门前的两棵橡树。一天下午，斯科特如往常一样跑过拉德利家时，隐隐感觉到有个东西很亮眼，让斯科特忍不住退回去看个究竟。原来是一些锡纸从树洞里露了出来，在阳光下闪闪发亮。斯科特踮起脚，匆忙看了看四周，才把手伸进洞里，掏出了两片没有外包装的口香糖。那天之后，斯科特和杰姆又在树洞里发现了用紫色天鹅绒盒子装着的老钱币。

随着夏天的到来，斯科特心心念念的迪儿又回来了。有一次，杰姆为了报复斯科特在“热气”上反驳他，怂恿她第一轮进行“滚轮胎”游戏，却由于用力过猛，将斯科特推进了拉德利家的院子。尽管当时情况混乱，夹杂着头晕、恶心，以及杰姆的喊叫声，斯科特还是听见了另一个声音——那座老房子里有人在笑。

杰姆和迪儿又萌生了一个新的想法：给怪人拉德利送封信。但是计划在实施过程中被阿蒂克斯发现并制止，还警告他们不要再去折磨那个人。可孩子的好奇心不是听到一两句警告就可以收回的，在迪儿离开的前一夜，他们又发起了这个假期最后一轮对拉德利家的行动——夜探拉德利家，他们要透过那扇破百叶窗去偷看怪人拉德利。虽然三个人事先经过周密计划，做好了各种准备，却还是不幸被内森·拉德利发现并开枪警告。慌乱中，三人从进来时的铁栅栏下逃跑，杰姆的裤子不幸被挂住，他只得脱下裤子才能脱身。

这声枪响引起了全镇人的注意，也让大家发现了没穿裤子的杰姆。迪儿只得谎称他们在玩“剥衣扑克”，杰姆将裤子作为赌注输掉了。虽然最终风波终于过去，大家也各回各家，但杰姆却坚持要回去把裤子取回来。而在那之后的一个星期，杰姆都心情烦躁，不爱讲话。

直到很久以后的某一天，他才向斯科特道出实情：原来他回去取裤子时，发现裤子并不是像他逃走时那样与铁丝钩缠在一起，而是被叠得整整齐齐地放在篱笆上。裤子上原本破了的地方还被缝好了——虽然那缝合的手法歪歪扭扭，一看就知道不是女人所为，但就像是有人读懂了杰姆的心，专等着他去取回自己的裤子一样。

玩闹的夏天很快过去，斯科特也迎来了自己的二年级。与此同时，他们又开始在树洞里发现灰色的麻线团、两个以他俩为原型的手工雕刻香皂小人等东西。正当斯科特和杰姆想写封信放进树洞以表示感谢时，却发现树洞被内森先生用水泥封上了。对此，内森先生的解释是“树快要死了”。

当杰姆听到这个消息时，不知是因为忧心树的健康还是因为一道曾经满是期待的门被封上，竟默默地哭了起来。

Day 3.

真正的心理成熟，是不轻易评判他人

随着夏天过去，位于美国深南的梅科姆小镇迎来了历史上罕见的冬天。那年冬天，老拉德利太太死了，可是她的死几乎没有激起一点涟漪。拉德利太太去世的第二天，一场自孩子们出生以来从未见过的雪悄然降临，以至于让斯科特惊讶到以为世界末日到来了。

“阿蒂克斯，世界末日到了！快想想办法！”

“不是世界末日，”阿蒂克斯回答说，“是下雪了。”这时杰姆也加入了这场讨论，问阿蒂克斯雪会不会一直下。

杰姆也从未见过雪，可是他对下雪有一些了解，所以不像斯科特那般惊慌。由于这场突然的大雪，学校停课了，小镇上的人们也在家里生起炉火来取暖。而孩子们此时只有一个想法：怎么玩雪。

杰姆做了各种准备，还跑去找莫迪小姐借她院子里的雪。经过周密筹划和精心制作，他们的雪人终于诞生了。那天他们等不及阿蒂克斯回家吃午饭就打电话给他，说有个惊喜。阿蒂克斯回来后，看见大半个后院的雪都被搬到了前院，有点吃惊地夸赞了杰姆。

当阿蒂克斯发现雪人有些像艾弗里先生时，他先笑着肯定了儿子超强的创造力，但随后告诫儿子，出于尊重，不能随便给邻居塑个雪人像去讽刺他，并和杰姆一起改造了雪人。

大雪带来了雪人、寒冷的夜晚和温暖的壁炉，然而温暖的火却也给莫迪小姐家带来了一场灾难。有一天半夜，莫迪小姐家忽然燃起的大火将他们从梦中惊醒。阿蒂克斯父子三人来到房前，看见大火正从莫迪小姐家餐厅的窗子向外涌，镇上的火灾警报也拉响了。阿蒂克斯让兄妹俩站到拉德利家门前别靠过来，并注意看着风向，叮嘱杰姆照顾好妹妹。听到警报的人们都从沉睡中醒来，一起加入了救火行动，没有人闲谈看热闹，或者事不关已，高高挂起。这也让我们感受了梅科姆这座小镇的性格，也许平时大家各有各的观点和看法，但他们骨子里都有着相同的纯朴和善良。

在这次大火事件中，还有两个引人注目的细节是关于拉德利家的：一个是平时严密封锁家门、禁止家人与外界打交道，甚至上次在深夜向闯入者开枪的拉德利先生，也参与这次的救火行动；而被大家称作“怪人拉德利”的布·拉德利，还默默地为站在寒冷冬夜中的斯科特披上了毛毯。斯科特凭借从别人那里听来的传说，就将布·拉德利定位成一个肮脏又恐怖的怪物，所以这本该充满邻里间温情的一幕此刻却让她反胃。如果她在接受这份温暖时，回过头去看一看，也许看到的将是与自己的偏见和想象截然不同的画面。

梅科姆小镇邻里间淳朴真挚的感情，与日后大家对阿蒂克斯群起而攻之的情节形成了强烈对比，而这一切始于阿蒂克斯决定要为黑人汤姆·鲁滨逊辩护。他们说阿蒂克斯是“给黑鬼辩护”。这让斯科特很是苦恼与不解，也非常愤怒，于是有了某个傍晚父女俩的一次经典对话。

“阿蒂克斯，你替黑鬼辩护吗？”

“当然了。斯科特，不要叫黑鬼。那是贱称。”

“学校里的人都这么叫。”

“从现在起，至少有一个人不这么叫了。”

“阿蒂克斯，所有的律师都替黑……黑人辩护吗？”

“斯科特，他们当然都会的。”

“那为什么塞西尔还那样说你？他的口气好像你在酿私酒似的。”

阿蒂克斯叹了口气，说道：“我只是在为一个黑人辩护，仅此而已——他的名字叫汤姆·鲁滨逊，住在镇垃圾场那边的一个小村落里。他和卡波妮在同一个教会，卡波妮对他家人很了解，她说他们家都是规规矩矩、清清白白的人。斯科特，你现在太小，有些事还不明白，不过镇上议论纷纷，大意是说我不该认真为他辩护。这是个特殊的案子——等到夏天才会开庭审理。泰勒法官好心，允许我们向后拖延一段时间……”

“如果你不该为他辩护，你为什么还要去做？”

“有几个原因，”阿蒂克斯说，“最主要的是，如果我不去做，我在镇上就抬不起头来，我就不能在立法委员会里代表这个县，我就不能再教导你和杰姆如何做人。”

“为什么？”

“因为如果是那样，我就不能再要求你们听我的了。斯科特，就工作性质来说，每个律师一生中都会遇到那么一件案子，会影响到他的个人生活。我猜，这就是我的那一个。你在学校里可能会听到一些不好的议论，不过请你为我做一件事：抬起头，放下拳头。不管别人对你说什么，都不要发火。试着用头脑去抗争，你的脑瓜很好，虽然有时不爱学习。”

“阿蒂克斯，我们会赢吗？”

“不会，宝贝儿。”

“那为什么……”

“道理很简单，不能因为我们在此之前已经失败了一百年，就认为我们没有理由去争取胜利。”

小说到了这里，人性的灯塔再一次闪亮，这位父亲的光辉是如此耀眼夺目：他可以坦承自己的不足，也会虚心向孩子学习；他可以为孩子的一点小成就而同他一起感到兴奋，也会以适当的方式指出孩子存在的问题；他勇敢正直，坚持真理，也会将生活中的那些失望和无助说给孩子听。光线里也许有尘埃，但他从不会抱怨，而是帮助孩子拨开尘埃依旧向着光亮。斯科特兄妹被这样的父亲爱着，实在是人生最大的幸运了。

Day 4.

积极面对生活的父母，是孩子最好的榜样

伴随着难得的冬天，梅科姆的圣诞节也到来了。杰姆和斯科特都带着复杂的心情来看待圣诞节。从斯科特记事起，每到圣诞节，他们都要回芬奇园和家族里的人一起过圣诞，那里有他们都喜欢的杰克叔叔，和他们都不太喜欢的姑姑，以及她的孩子弗兰西斯。不过姑姑是个好厨师，这一点多少弥补了被迫去和弗兰西斯共度节日的痛苦。除了要和不太喜欢的人共度圣诞之外，收到来自杰克叔叔精心准备的礼物还是让斯科特很开心，也乐于享用姑姑准备的美味的晚餐。

但随后的一次争吵让斯科特的情绪跌入谷底。当斯科特由做饭的话题引出迪儿向自己求婚的事，弗兰西斯却表现出满满的不屑和鄙夷，继而牵扯出阿蒂克斯为黑人辩护的事，称他是“给黑鬼帮腔”。而从弗兰西斯的口吻来看，这些言论显然来自斯科特的姑姑。她先是讽刺了阿蒂克斯的教育方式，认为他让斯科特在外面疯跑已经够难看了，现在又让全家人再也没脸走在梅科姆大街上，他是在毁坏整个家族的名声。

说完这些，弗兰西斯还觉得不过瘾，一再重复地提及“给黑鬼帮腔”。这显然激怒了斯科特，她忍无可忍，没有遵从阿蒂克斯的叮嘱，一拳打在了弗兰西斯的门牙上。

可见，在为黑人辩护事件上，阿蒂克斯也遭受了来自家族内部的不解与厌恶。他们的议论甚至比那些不相干的人更难听，亲情在自以为是的固有价值观面前显得一文不值。

阿蒂克斯已经50岁了，在他看来，大部分事情都是可以被理解的，并有它发生的理由。斯科特第一次听阿蒂克斯说起罪恶，是在他们有了一把气枪后。有一天阿蒂克斯对杰姆说："我宁愿你在后院射易拉罐，不过我知道，你肯定要去打鸟的。你射多少蓝鸟都没关系，但要记住，杀死一只知更鸟就是一桩罪恶。"

对此表示不解的斯科特便去询问莫迪小姐，莫迪小姐的解释是："你父亲说得对。知更鸟只唱歌给我们听，什么坏事也不做。它们不吃人们园子里的蔬菜，不在玉米仓里做窝，它们只是衷心地为我们唱歌。这就是为什么说——杀死一只知更鸟就是一桩罪恶。"

一天早晨，斯科特兄妹俩惊奇地看到《蒙哥马利报》上有幅漫画，标题是"梅科姆的芬奇"。漫画上的阿蒂克斯光着脚，穿着短裤，被拴在桌边：他正在一块写字板上奋力地写着什么，旁边有一些模样轻浮的女孩在对他喊："哟——嗬！"

来自社会甚至家族内部的讽刺、不解与嘲笑，是一股巨大的压力，挑战着阿蒂克斯越来越虚弱的身体。而重压与偏见并没有影响阿蒂克斯坚持真理的决心与勇气，他只是继续做自己该做的，用一己之力去抵抗这个社会所谓的规则。

一次首买教堂的礼拜活动，让斯科特对黑人以及那个世界的人们有了更多的了解。在此之前，黑人只是她家的保姆卡波妮，只是恶毒邻居与亲戚们口中的“黑鬼”，斯科特对黑人就如同对怪人拉德利一样，心里还存着畏惧。而黑人们呢，当一开始看到卡波妮领了白人孩子来教堂时，也表现出不太友好的态度。

卢拉质问卡波妮为什么带白人小孩进黑人教堂。

“他们是我的客人。”卡波妮答道。

“是吗？我猜你平日在芬奇家也是客人了。”卢拉讽刺道。

人群中响起了一阵窃窃私语声。“别生气。”卡波妮安慰着斯科特，可是她自己却气得帽子上的玫瑰花都在乱颤。

当卢拉逼近时，卡波妮说：“站住，黑鬼。”

卢拉站住了，但却说：“你没有权利带白人小孩来这里……他们有他们的教堂，我们有我们的。卡波妮小姐，难道这不是我们的教堂吗？”

卡波妮说：“难道不是同一个上帝吗？”

杰姆说：“卡波妮，我们回家吧，他们不欢迎我们来这里……”

斯科特也说，我同意他们不欢迎我们来这里。她不是看到，而是感觉到，那些黑人好像正向他们围逼过来，而当她再次抬头看卡波妮时，发现她的眼里有了喜色。原来在不觉间卢拉已经不见了，取而代之的是泽布——镇上的垃圾清理员。他解释说卢拉对他们不友好，是因为她自己正要遭受惩罚，于是到处找别人的麻烦。

泽布对斯科特他们的到来表示十分欢迎。听到他这么说，卡波妮便领着斯科特兄妹走进了首买教堂的大门，为有了麻烦的汤姆·鲁滨逊兄弟筹款以帮助他们渡过难关。接着，一行接一行，众人用简单的曲调唱着赞美诗。

在最后一个音符“狂欢”结束时，泽布说：“遥遥乐土，河水闪闪。”

而接下来的布道却成了斯科特最为厌恶的环节，因为在黑人的教堂里，斯科特面对的是与白人世界一样的教义——“女人不洁”，这让斯科特感觉，它好像已经占据了所有神职人员的头脑。

人心向暖，但它也可以冷酷到磨灭亲情，可以对所有女性都贴上充满偏见的标签。由此看来，作者在全书开篇所描写的“梅科姆迎来最冷的冬天”，是对日后社会情势的一种伏笔。它暗示了斯科特家将遭受的不公的指责，也揭示了当时社会人们在种族关系上的冷酷与无情，那比冬天还让人感觉寒冷。

Day 5.

你要内心强大，才不会被别人打乱节奏

在之前，亚历山德拉姑姑留给我们的印象是长舌妇、喜欢背后放冷箭、善于偷听，还经常跳出来对别人说三道四、横加指责。而今天她是以这样的方式开场的：“卡波妮，把我的包放到前卧室去。”“琼·路易丝，别再挠头了。”是她说的第二句话。

卡波妮拎起姑姑沉重的旅行箱，打开了前门。“我来拿。”杰姆说着，把箱子接了过去。随后她们就听见箱子砸在卧室的地板上，发出咚的一声。声音很沉闷，久久地回响着。

在斯科特的记忆中，亚历山德拉姑姑很少离开芬奇园去探亲访友，所以斯科特试探性地发出疑问：“姑姑，你是来看我们的吗？”

但是她得到的答案是否定的，亚历山德拉姑姑是要来这里住一阵子，并且说这是阿蒂克斯与她共同的决定。而她此次来“住一阵子”的目的是给斯科特带来影响，让她变成一个对衣服和男孩感兴趣的真正的女孩子。

亚历山德拉对斯科特的偏见由来已久，根深蒂固，而且早在很久以前，她就对阿蒂克斯说觉得斯科特很迟钝。但造成斯

科特那一次“迟钝”的真正原因，正是这位姑姑，她的穿着造型让斯科特觉得恐惧和窒息。

“高贵的血统，”当阿蒂克斯看见斯科特终于捉住了虱子，又接着说，“你们做什么都要对得起自己的姓氏……亚历山德拉姑姑要求我告诉你们，你们一定要做得像个小淑女和小绅士。姑姑还要给你们讲讲我们家族以及它在梅科姆的历史地位，这样你们就会对自己的身份有个概念，你们就会照这个身份去行事。”

阿蒂克斯仿佛完成任务般地一口气把话说完了。这个喋喋不休地陈述着所谓家族血统的父亲，让斯科特觉得陌生和抗拒，她觉得自己仿佛除了做一些小动作来表达抵触情绪，也只能在心底默默地哭泣了。但她还是为阿蒂克斯感到担心，觉得这个陌生父亲的出现，肯定是因为他身上背负着某种不为人知的压力。“阿蒂克斯，这些乱七八糟的规矩会起作用吗？我是说你……”

阿蒂克斯边用手抚摸斯科特的后脑勺边回答：“你什么也不用担心，还没到担心的时候。”

听到父亲这样说，斯科特问道：“你真的想让我们那样做吗？我可记不住芬奇家人应该遵守的所有规矩……”

显然这一切并非阿蒂克斯的本意，他对孩子们说：“我也不想让你们记住。忘了它吧。”

阿蒂克斯向门口走去，出了房间，随手关上了门。他几乎要摔门了，不过在最后一刻控制住了自己，轻轻地把门带上。

斯科特和杰姆还在发愣，门又打开了，阿蒂克斯探进头来。他的眉毛向上扬着，眼镜滑了下来。

“我是不是越来越像乔舒亚表叔了？你们觉得我最后也会让家里花五百块美金赎出来吗？”

这个灯塔般的父亲也会有几乎情绪失控的时候，这也许又是为后文埋下的伏笔。

一场轩然大波即将登场，星期六，当斯科特和杰姆同去镇上时，偶尔就会听到有人说“那就是他的孩子”，或者“那边来了两个芬奇家的人”，又或者“他们失去控制会四处强奸，让这个镇子的管理者们好看”这样的议论。

对于这些议论，斯科特没有多想什么，只是关注于自己不理解的词语——强奸，并在随后的晚上，就这个问题询问了阿蒂克斯。

“什么是强奸？”斯科特问阿蒂克斯。

阿蒂克斯说道，强奸是女性在暴力威胁下非自愿的性交。收到如此平和简单的解释，斯科特不禁疑惑，为什么这么简单的问题卡波妮却不能自己向她解释，而让她询问阿蒂克斯。

斯科特讲起兄妹俩上一次和卡波妮去首买教堂的经历，以及卡波妮邀请她去家里玩的事，阿蒂克斯听得津津有味，而一旁的亚历山德拉姑姑却坐不住了。亚历山德拉姑姑先是严厉批判了斯科特去那个黑人教堂的想法，继而又开始对卡波妮下手，觉得她是造成让斯科特亲近黑人群体的罪魁祸首，要把她从这个家里驱逐出去。

值得庆幸的是，阿蒂克斯这一次没有再忍耐退让，他以平和而又据理力争的态度，霸气地驳回了孩子们那个多事姑妈的无理要求，因为卡波妮已经像他们的家人一样。

幸好生活也会偶尔送来惊喜，在和杰姆因为要不要听从姑妈的教导争吵又和好之后的夜晚，斯科特一直心心念念的迪儿以一种意外的方式来到了。迪儿此次是离家出走来到这里的，因为他厌倦了家里对他的冷漠和无视。虽然妈妈和新爸爸对他慷慨大方，但对他的精神世界却丝毫不关心。

于是迪儿叛逃了，他对这种看似温暖、实则冷漠的家庭宣示反抗与绝望。迪儿的到来给斯科特带来了无比的欣慰与惊喜，而此时的杰姆也许是因为处于青春叛逆期，又或者是因为阿蒂克斯事件的影响，他的想法开始与迪儿和斯科特背道而驰，那种童年时代一起并肩作战的默契不复存在了。

Day 6.

对于勇敢，这大概是最好的诠释

某天晚上，小镇警官泰特先生带着一伙人为了汤姆·鲁滨逊的案子找上门来，他们想在开庭前让阿蒂克斯申请“转移审判地点”，因为他们不想惹麻烦。之后的一个星期天晚上，阿蒂克斯忽然一反常态开了车子出门。有所察觉的斯科特兄妹俩决定也跟去镇上一探究竟。

不出孩子们所料，阿蒂克斯果然摊上大事儿了。他被一群人围攻，而且并不是昨天找上门来的那一伙。斯科特只认得其中一个是沃尔特·坎宁安先生——那个阿蒂克斯曾经尽全力无偿帮助过的穷苦的坎宁安人，而他们今晚的目的是要将汤姆处以私刑。也许是因为孩子们的出现，那伙人最终决定撤退。而那一晚帮助阿蒂克斯和汤姆的，除了孩子，还有安德·伍德先生——那个曾经被认为是看不起黑人的先生。

在斯科特一家对安德·伍德先生和那晚的暴动事件发起讨论的那一天，从镇子南面来的人开始从斯科特家门口络绎不绝地经过，这预示着那起案件就要开庭了。一场精彩的法庭博弈即将开始，它发生在辩方律师阿蒂克斯与控方律师吉尔默先生之间，更是发生在两个隔阂颇深的种族之间。

案子以泰特警官陈述供词开始。泰特先生说，11月21日那天晚上，他正要下班回家，这时尤厄尔先生进来了，情绪很激动，请他赶紧去他家，说有“黑鬼”强奸了他女儿。泰特先生以最快的速度赶到现场，发现尤厄尔先生的女儿躺在正房中间的地上，被打伤得很厉害。询问是谁打的，她说是汤姆·鲁滨逊，并说自己被汤姆·鲁滨逊占了便宜，还在之后指证了犯人就是汤姆·鲁滨逊。

接着是阿蒂克斯发问的时间，他如日常谈话般抛出一些看似平常的提问，最后梳理出本案的第一个重要细节——马耶拉·尤厄尔当晚被打伤的是左眼。接着是第二位证人尤厄尔先生的登场。他显然将自己女儿的伤势和感受弃置一旁，反倒把当时的情形描述得下流露骨至极。还对自己的这种行为不以为耻反以为傲，其中夹杂着几分对法庭和被告的蔑视。

罗伯特·尤厄尔在小镇上是个十足的下三烂，他有了钱就拿去喝酒，酒后就对家人动粗，毫无担当和责任感可言。在阿蒂克斯层层递进的追问中，他们又得到了有关本案的两个重要细节：第一，尤厄尔是用左手写字的；第二，他说自己的女儿脖子细得用一只手就可以掐过来。

第三位上场的是当事人——马耶拉·尤厄尔。她一出场的形象便否定了尤厄尔先生供词中关于“脖子细得用一只手就可以掐过来”这一论断。呈现在斯科特和旁听群众眼前的，是一个粗壮的、善于劳作的妇女形象，甚至看上去还有些愚钝。马耶拉甚至认为阿蒂克斯叫她“马耶拉小姐”是对她的挖苦，而当被问及朋友的话题时，她情绪几近失控，显然她与这个世界交流甚少。

第三轮的审讯在马耶拉失控的愤怒情绪中结束，虽然看似没有什么进展，但是在这之后，汤姆的出场无疑是一个最好的回击。因为所有人都看得出，汤姆是个残疾人，他的左臂在一次事故中完全丧失了正常功能。而他的供词也将故事带入了大反转。据他所述：当晚他在做工结束后经过马耶拉家门口，像往常一样又被马耶拉叫住帮忙。在此之前，他也在马耶拉的恳求下帮助过她多次，并且分文未取。他做这些只是觉得她的家里似乎没有什么人帮她，而他只是想帮帮她。

可是那天晚上马耶拉对汤姆发起了“进攻”。是的，汤姆口中的被害人正是他自己。而他之所以陷入如今的被动局面只是因为太善良，以及自己一时情急之下的仓皇逃跑。这一剧情显然是不能被旁听的看客接受的，尤其是当汤姆被问及为什么不止一次帮助马耶拉时，他的回答是：因为觉得她可怜。这一回答显然触怒了台下的白人们。而控方律师吉尔默也正是抓住这一点，一次次对汤姆发起猛攻。吉尔默的低端下作与阿蒂克斯的平和公正，无疑形成了鲜明的对比。

吉尔默律师的辩护过程显然不那么让人喜欢，为此，迪儿在旁听席上一度情绪失控，哭着跑到法庭外，斯科特对此倒没有多大的反应，只是追出去安慰迪儿。在法庭外，他们遇到了被认为是“邪恶之人”的雷蒙德先生。看到失控的迪儿，他表示要送给他一些好东西以示安慰。

让迪儿和斯科特吃惊的是，袋子里装的是纯正的可口可乐，而并非威士忌或是其他任何一种酒精类的饮料。在此之前，他可是被镇子上的人们疯传为“被酒精完全控制”的酒鬼。而雷蒙德先生之所以这样生活，只不过因为这是他想要的生活方式。这个表面上吊儿郎当、堕落无度的男人，其实是一个真正的智者。他深切地懂得，对于生活只需要遵从自己的内心，随性自在。

在雷蒙德先生这里得到安慰后，迪儿的情绪稳定下来，和斯科特一起重返法庭，而案件的审理此时似乎已经进入了尾声。毫无疑问，阿蒂克斯的辩护是完美的、充满正义的，双方孰对孰错也是一目了然的。

阿蒂克斯在案件的结尾所做的几段结案陈词，至今看来依然是教科书般的经典。阿蒂克斯说：“她是个白人，却勾引了一个黑人。她的行为在我们这个社会中是令人不齿的——她吻了一个黑人。她在违犯之前并不在乎什么法则，但是过后却被它击垮了。真相就是，有些黑人撒谎，有些黑人不道德，有些黑人在女人面前不规矩——不管是黑种女人还是白种女人。但是，这种真相适用于人类所有的种族，而不仅仅是某个特殊的种族。”这是对人性最客观理智的直视，也是对种族歧视的控诉。

“他这样一个安静、礼貌、谦逊的黑人，纯粹因为鲁莽而去‘可怜’了一个白种女人，却不得不用自己的证词去对抗两名白人。除梅科姆的警长外的控方证人们，在你们这些先生面前，在整个法庭面前，表现出一种可耻的自信，自信他们的证言不会受到怀疑，自信你们这些先生会和他们秉持同一种假设——邪恶的假设。”这是对无辜善良的捍卫，对无耻自信的抨击。

“我们知道，人并不像某些人强迫我们相信的那样生来平等——有些人比别人聪明，有些人生来就比别人占优势，有些人天生就比大多数人有天赋、才华。可是，在这个国家里，有一种方式能够让一切人，生来平等——有一种社会机构可以让乞丐平等于洛克菲勒，那就是我们的法庭。”这是对平等的呼吁，对公平正义的呐喊。

Day 7.

敢于直面生活，是一个人真正成熟的标志

在大家一边倒地认为阿蒂克斯和汤姆会获得历史性的胜利时，陪审团与泰勒法官在临时中场商议后重新出场，却让人有了不祥的预感……果然，最终汤姆被判有罪。

尽管这一轮的辩护就因为一场莫名其妙的宣判而落败，但阿蒂克斯作为一个勇士，受到了来自黑人世界的崇敬与集体膜拜。第一轮的败诉并没有击倒他。他还要准备第二轮上诉，虽然他知道希望依旧渺茫，但已决心全力前行。邻居莫迪小姐正以自己的经历开解为审判结果惋惜难过的杰姆和斯科特兄妹俩时，一个令人感到十分气愤的消息在小镇传开：尤厄尔在邮局附近遇到阿蒂克斯时，拦住了他，还啐了他一脸，更威胁说，就算搭上下半辈子也要报复他。

孩子们很是担心父亲的安危，阿蒂克斯对他们说："杰姆，看看你能不能站在尤厄尔的角度体会一下。我在法庭上摧毁了他仅存的一点信誉，让他失去了一切重新开始的可能。一个人如果经历了这些总得回敬一下吧，像他那样的人尤其如此……"

这位父亲无论遭遇什么，都可以站到对方的角度去思考，并寻找到对方这样做的理由。狭隘自私这类字眼在他的身上无处容身，他就像一轮巨大的太阳，吞噬着一切阴暗与冷酷。

就在所有人还对汤姆案件的第二轮上诉抱有希望时，阿蒂克斯却带回一个让人震惊的消息——汤姆死了，他在监狱放风时试图逃走，被狱警开枪打死了。

汤姆死在了狱警的枪下，更是死于对这个社会和现实的绝望。虽然阿蒂克斯已经告诉汤姆，他们还会有上诉机会，但他已经厌倦了这种“白人给的机会”，而采取了最后孤注一掷的行动。

汤姆死亡的消息只被梅科姆人关心了两天，两天的时间，已足够让信息传遍整个小镇了。

“你听说了吗？……没有？哎呀，他们说他跑得比闪电还快……”

“好笑的是，阿蒂克斯·芬奇原本很可能把他弄出狱的。”

“什么……不对。你知道他们什么样。得过且过，不管不顾。不信你看，那个鲁滨逊小子也是正经结婚的。他们说他很规矩，还去教堂什么的，可是这些表面现象都靠不住，一到关键时刻就露出本相。黑鬼终究是黑鬼。”

一个生命在绝望无助中死去，而这些旁观者的茫然评论，读来不免让人心寒。所幸在这个乌烟瘴气的世界里，依然有像阿蒂克斯一样的人，坚持手握自己的探照灯，安德·伍德先生也是其中一位，他没有谈论正义的失败，而是写下了中肯而犀利的评论，让小孩子也能看明白。

安德·伍德先生只指出一点：杀死残疾人是桩罪恶，不管他们当时是站着、坐着，还是在逃跑。他把汤姆的死比喻成猎人和孩子对唱歌的鸟儿的愚蠢杀戮。

读着安德伍德先生的报道，斯科特的内心充满了矛盾：愚蠢的杀戮？

渐渐地，她明白了安德·伍德先生的意思：阿蒂克斯使用了所有能开释一个自由人的法律手段去拯救汤姆，可是在抱着种族偏见的白人们心中，在他们内心深处的秘密法庭里，阿蒂克斯根本没有任何诉讼的机会可言。从马耶拉张嘴喊叫的那一刻起，汤姆就死定了。

汤姆的事件渐渐平息，最多也是偶尔被镇子上无聊的人们拿来当作茶余饭后可供消遣的谈资。新的学期也开始了，斯科特和杰姆依旧每天经过拉德利家，虽然那座房子依然显得阴冷幽暗，但此时他们的内心已经没有了恐惧。阿蒂克斯一如往年，全票当选小镇的立法委员，这让斯科特感到不解。她不明白，为什么白人们的正义可以在这里体现，但就是不能在那场宣判中体现呢？

到了10月底，斯科特和杰姆又回到了“上学、玩耍、阅读”的生活。10月的最后一天，当镇上组织的万圣节节目落幕之后，扮演火腿的斯科特穿着她的戏服和杰姆一同回家。当时天已经黑了，酒后的尤厄尔跟踪并最终袭击了这对兄妹。杰姆因为此次事件留下了左臂的残疾，这也成为那个无赖最后的报复，他在搏斗中被自己带来的刀子捅死在树下。

而被大家称为怪人的阿瑟·拉德利，又一次出手帮助了他们。这也是斯科特与阿瑟的首次正式见面。在这样的情况下相见，多少有些不够自然。他习惯黑暗但仍然惧怕黑暗，他问斯科特能不能送他回家。

当那座老房子的铁门关上的那一刻，他又回到了“囚笼”中，从此再没有出现过。但他少有的几次出现，都会带给我们感动。最重要的是，即使遭受大家非议，即使因为偏见被长久地监禁，他仍然怀揣善良，在危难之时敢于挺身而出。他从不害人，只是纯粹地将美好和善良带给这个世界。

阿瑟和汤姆都是知更鸟，一个被歧视杀死了肉体，另一个被偏见扼杀了灵魂。生活不是鸡汤，正义不会总是胜利；也许我们没那么善良，不会单纯如一只知更鸟，但也请不要去伤害它们，这是对善意最大的仁慈了。

偏见贯穿了书的全部，最后也是因为偏见，故事并没有迎来光明的结局。但我们始终相信，阿蒂克斯不会放弃他所坚持的信念。

《孔乙己》

社会上的另一种生活

鲁迅

《孔乙己》是鲁迅在五四运动前夕继《狂人日记》之后的第二篇白话文小说。小说写于1918年冬天，那时科举制度已经被废除，并且以《新青年》为阵地，新文化运动揭开了序幕。但在当时的社会，孔孟之道仍然是教育的核心内容，培植孔乙己这种人的社会基础依然存在，换句话说，很多个“孔乙己”的悲剧仍然在孵化。鲁迅先生作《孔乙己》，为的就是“描绘社会上的或一种生活，请读者看看”“以引起疗救的注意”。

几乎每一个人，在学生时代都会觉得鲁迅先生的文章艰深难懂，但随着年龄和阅历的增加，在社会上历经起伏与人情冷暖，回头再看鲁迅的文字，竟发现其中的每一句话，都是如此透彻、深刻。

Day 1.

鲁迅认为自己写得最好的小说，带我们参透现实的尖锐

《孔乙己》是一个极短篇，初次发表于1919年4月《新青年》第六卷第四号，首版全文2573字。故事发生在鲁镇镇口的咸亨酒店。酒店的生意还称得上亨通。散工的工人们常常靠柜外站着，喝一碗热热的酒，有的再买一碟盐煮笋做下酒物。这样的工人大多被称作“短衣帮”，不太阔绰。又要酒水又点饭菜，慢慢踱步、坐下消遣的，是那些穿长衫的顾客。

小说中的“我”并非孔乙己，而是一个12岁的小伙计，因为被掌柜嫌弃样子太傻，所以只能侍候短衣帮们。但因短衣帮顾客们更为吝啬，往往严加监督，导致小伙计无法成功在酒里掺水。看在人情的面子上，掌柜让小伙计在柜台里专管温酒。鲁镇的日子没有那么生动，有的也只是日复一日的无聊。唯一让小伙计感到快活的，是孔乙己。至此，孔乙己真正登场。

“孔乙己是站着喝酒而穿长衫的唯一的人。”他身材高大，却脸色青白，夹带伤痕。一身长衫，却又脏又破。酒客们都不太听得懂他嘴里的“之乎者也”，“孔乙己”这个名字也是他们从描红纸上挑了看不懂的字取的外号。小说中并没有提及孔乙己的真名，而读者却觉得孔乙己就是他的真名。

孔乙己似乎有一种魔力。他每次一到店里，所有人都看着他笑，调侃他脸上的新伤疤。孔乙己不理。他们便继续说孔乙己偷东西的事情，孔乙己这时才急了，争辩说窃书不能算偷。

听说孔乙己读书，既没有中举，也不会营生。好不容易因为写字好，能够替人抄书，却又因好吃懒做，没抄几天，便消失得无影无踪。说来也奇怪，孔乙己为了生活，偶然偷窃，但在店里，品行却是最好。喝酒从不拖欠酒钱，就算被记了名字，不出一月，定然还清。

镜头回到台前。孔乙己又在被人调侃不会认字，不过，孔乙己作为读书人，对于认字与否，自信的他对此不屑置辩。但旁人说他捞不到秀才，孔乙己却立马显出颓唐的模样，败下阵来。孔乙己知道，和这些顾客聊天只能是自讨没趣。于是，他将“听众”目标对准了店内的小伙计，也就是叙述者“我”。书本前的你不一定知道“回”字的四种写法，但想必对孔乙己的这个问题印象深刻——“回字有四样写法，你知道吗？”可惜小伙计对此并不感兴趣，甚至觉得孔乙己是像讨饭一样的人，不配教自己。

孔乙己许久没有来喝酒了。据喝酒的主顾们说，他偷了镇上丁举人家的东西，被打残了腿。一向好品行的他，也拖欠了很久的账。据“我”回忆，最后一次见孔乙己的时候，他是爬着来喝酒的。看来传闻无误。此时的他，只能低低吆喝，面对着众人的哄笑，也再无力辩驳，只能求饶。于是，在众人的哄笑声中，孔乙己又爬着离去。也是在这哄笑声中，孔乙己大约已经死了。

《孔乙己》描写了孔乙己在封建腐朽思想和科举制度的毒害下，精神上迂腐不堪，麻木不仁，生活上四体不勤，穷困潦倒，在人们的嘲笑戏谑中混度时日，最后被封建地主阶级所吞噬的悲惨形象。同时，本书也深刻揭露了当时科举制度对知识分子精神的毒害和封建制度“吃人”的本质，具有强烈的反封建意义。

Day 2.

100年前的这本书，至今仍在影响着我们

孔乙己在小说中初次登场，鲁迅便对其进行了肖像式的描写。他身材很高大；青白脸色，皱纹间时常夹些伤痕；一部乱蓬蓬的花白的胡子。穿的虽然是长衫，可是又脏又破，似乎十多年没有补，也没有洗。他对人说话，总是满口之乎者也，叫人半懂不懂的。因为他姓孔，别人便从描红纸上的“上大人孔乙己”这半懂不懂的话里，替他取下一个绰号，叫作孔乙己。

“身材高大”，说明孔乙己有自己靠劳动挣钱的能力，而“青白脸色，皱纹间时常夹些伤痕，一部乱蓬蓬的花白的胡子”，则表明他生活处境的落魄与艰难，生活更是无人打理。“穿的虽然是长衫，可是又脏又破，似乎十多年没有补，也没有洗”，与其说他穿的是长衫，不如说他穿的是封建腐朽思想与科举制度缝制的思想外衣，又脏又旧，不想脱，也难脱。如果说长衫是一种外化，那么满口的“之乎者也”，则是这种思想的代言。“半懂不懂”是旁人对孔乙己的印象，其实也是孔乙己对那个融不进去的社会的印象。

这样，鲁迅仅通过一百多字，将孔乙己的面貌、衣着、言行等外在，甚至是名字的由来交代清楚，层层递进，毫不含

糊。在孔乙己身上，有着诸多矛盾，而造成这样矛盾又落魄的“罪魁祸首”，便是封建文化和科举制度。

然而，封建文化与科举制度不仅在于现实的规矩，更在于对知识分子的精神控制。对此，鲁迅并没有停留在对孔乙己本身的描写，而是将其置于交谈当中。《孔乙己》中大致有四次孔乙己与他人的直接交涉。作者的笔锋有所变化，读者的情绪也渐渐在这四次交谈中偏移。

第一次，孔乙己刚进店就因脸上的伤疤被人揶揄。“你一定又偷了人家的东西了”，而孔乙己居然认为读书人偷书，并不算传统道德意义上的坏事，反而认为：“读书人的事，能算偷吗？”这是多么可笑的歪理，此时，孔乙己的穷酸迂腐可见一斑。加上下一段，作者又写孔乙己因好喝懒做、无法营生而去偷窃。我们读到这里，难免会和酒客们一样觉得孔乙己不可理喻，而对他颇有微词。

第二次，孔乙己“喝过半碗酒”之后，两次发问、两次回答，将双方不同的心理状态显现出来。第一问：“你不认识字吧？”第二问：“你怎的连半个秀才也捞不到呢？”孔乙己的反应从第一问的“不屑置辩”到第二问的“颓唐不安模样”，他的“立刻”转变说明第二问着实击中了他的要害，使这个神气的读书人失去了“表情管理”。对于读书人的高雅，他们虽然听不懂，但是却有一个清楚的判断——孔乙己没有考中秀才，就要比劳动人民还要失败、低级。这与孔乙己的自视甚高相反，所以，孔乙己的辩驳在他们眼里看来是那么可笑、那么无力。

孔乙己的第三次交际是与小伙计——也就是叙述者“我”。他不再在酒客们那里自讨没趣，却不曾想到连十几岁的孩子也不肯释放半点天真，甚至觉得孔乙己是个讨饭一样的人，不配教自己。小伙计与孔乙己同处于一种社会意识形态下，但这里透露出所谓的“唯有读书高”，其实更多已经异化为对于科举成功后，那些功名利禄的渴望，而不是对知识本身的向往。孔乙己口中说出的话，无论是愤怒地辩驳，还是恳切地乞求，都有着不同程度的延宕。

当孔乙己被说偷书时，他睁大眼睛说：“你怎么这样凭空污人清白……”“窃书不能算偷……窃书！……读书人的事，能算偷吗？”

当他被打断了腿，爬着来喝酒时，掌柜仍然同平常一样，笑着对他说：“孔乙己，你又偷了东西了！”

但他这回却不十分分辩，单说了一句：“不要取笑！”

“取笑？要是不偷，怎么会打断腿？”

孔乙己低声说道：“跌断，跌，跌……”他的眼色，很像恳求掌柜，不要再提。

省略号与感叹号的反差将孔乙己的心虚透露出来。可见，孔乙己并不是智商有问题的人，只是他所执拗坚持的，在过去几千年里都是“绝对正确”的真理一般的存在。这反而更深刻地揭露出封建社会对于人的精神控制力量的强大。

到了第四次，孔乙己用手爬着来店里，语气已经变为真正的讨饭一样的人了。这一次写孔乙己出场，是通过“我”忽然听见“温一碗酒”这虽然很低，却很耳熟的声音开始的。

未见其人，先闻其声。此时的孔乙己，“脸上黑而且瘦，已经不成样子；穿一件破夹袄，盘着两腿，下面垫一个蒲包，用草绳在肩上挂住”。

“他从破衣袋里摸出四文大钱，放在我手里，见他满手是泥，原来他便用这手走来的。”

从这些外貌、动作描写中看出孔乙己的惨状，与前面对孔乙己的描写相比，已发生了明显的变化，形成了强烈的对比。

如果没有孔乙己爬着来喝酒这一细节，小说可能要失色很多。是什么支撑了孔乙己爬着来喝这碗酒呢？这不是一个对他十分友好的环境，孔乙己迂腐，却未必不明白。但孔乙己却似乎仍深信他的读书人身份可能为他获得相应的社会认同。然而，小说如果仅仅刻画其迂腐与麻木，足以支撑孔乙己长久“立”于人心吗？

Day 3.

这本书看不懂是悲哀，看懂也是悲哀

在四次直接描写的交谈中，鲁迅将情感距离控制得当，他没有选择直接进入孔乙己的内心，否则读者就只有一种选择——跟着孔乙己的情绪游走。鲁迅以旁观者的视角和酒客们与孔乙己的“交锋”，呈现孔乙己的境遇，揭露他的思想并刻画他的形象。

读者的情感随着小说的行进而有所变化，从而形成了作者与读者、小说人物情感与读者情感之间的互动。至此，孔乙己迂腐的旧式读书人形象已经栩栩如生，他由愤怒地辩驳到可怜地哀求，悲喜交加，此中转变，令人唏嘘。

孔乙己之所以能在文学史众多的文学形象中被人铭记至今，除了其典型环境之中的典型性格外，还在于他具有超时代性。这种超时代性，使我们可以不拘于时代背景，而从更为普遍深入的人性层面进入孔乙己，记住孔乙己。

首先，小说一开篇就说孔乙己这个人“总是满口之乎者也，叫人半懂不懂的”，这是写孔乙己的腐秀才形象。但孔乙己不只有这一个侧面，有几回，邻居孩子听得笑声，也赶热闹，围住了孔乙己。他便给他们茴香豆吃，一人一颗。孩子吃完豆，仍然不散，眼睛都望着碟子。孔乙己着了慌，伸开五指将碟子罩住，弯腰下去说道："不多了，我已经不多了。"直起身又看一看豆，自己摇头说："不多不多！多乎哉？不多也。"于是这一群孩子都在笑声里走散了。

鲁迅将孔乙己的内心呈现为场景式的刻画。这样，人物形象的展现有了更具体的语境，有了更大的舞台。这段文字算不上长，但是内在有一种对照，孔乙己分茴香豆给小孩，说明了他的善良和慷慨，之后又突然"着了慌，伸开五指将碟子罩住"，并说出口头禅"多乎哉，不多也"，可谓形神俱备，惟妙惟肖。

"茴香豆"在小说中多次出现。介绍酒店格局时，点明这是不阔绰的短衣帮才会点的下酒菜。在与小伙计交谈中，由小伙计点出茴香豆这种东西都不上账的。可见，茴香豆在当时不是所谓值钱的东西。鲁迅用这最不值钱的东西，一来，暗示了孔乙己的窘迫生活，连茴香豆他都要计着数吃；二来，显示出他的善良，对于孩子，他总抱着慷慨和希望；三来，"不多也"等语言又符合他腐秀才形象。

孔乙己一直坚持着自己的"中举梦"，但现实的残酷又赤裸裸地在其眼前，嘲笑着他。小说的余味不只在于那触目惊心的"用手爬着来"，还在于隐藏其中的细节。且看孔乙己最后出现在酒店中的动作和语言。

他不回答，对柜里说："温两碗酒，要一碟茴香豆。"便排出九文大钱。

一个“排”，一个“摸”，掏钱的细节的对比，不着痕迹地将孔乙己恶化的境地动态地展现出来，从“排”到“摸”，变的是孔乙己的处境，不变的是人们的冷眼与取笑。

“站着喝酒”“穿着长衫”“唯一”，都显露出孔乙己的格格不入。

在小说中，孔乙己最后一次到店里喝酒的景象使人印象深刻，他用双手爬来，坐在门槛上，喝下生命中的最后一碗好酒。

他坐在酒店的门槛上，不进不出。被打断腿的他依然摸出四文大钱，要一碗好酒，店家自然是来者不拒，也许笃定了他还不上十九文钱。此时的孔乙己无力踏进酒店，却依然要坐在门槛上，伴着旁人的说笑声喝酒。

他坐在阶层的门槛上，不上不下——之前的孔乙己虽然在店里，又何尝不是在坐着喝酒的长衫帮与站着喝酒的短衣帮的门槛上？穿着长衫却站着，站着喝酒却穿着长衫。无论是对于和自己年龄相当的大人，对于在店里做伙计的青少年，还是对渴望吃豆的孩子而言，他一直都是一个值得取笑的特例。

他坐在精神的门槛上，不喜不怒。身为一生都想中个秀才的读书人，却终日在酒店里说笑。但是他又没有一个读书人该有的敏锐，“中举”这一旧社会为读书人树立的终极目标牌，遮住了他看向当时社会的目光。于是他可以不顾道德去偷钱，为了喝酒，为了不拖欠酒钱；于是他可以不屑置辩却在中不了秀才的质疑中败下阵来；于是他居然被中举了的丁举人残忍地打断了腿，讽刺至极，却仍未清醒。然而，将目光收回到自身的时候，他也是一个在门槛上受苦的人。

每一个时代都有一些孔乙己，在现实与理想之间、在个人与社会之间摇摇晃晃，在门槛上。有读者曾说："小时候我看孔乙己，觉得他只是那个时代、那个社会的'陪葬品'。但长大后，我胸怀大志却屡屡碰壁，我才知道我就是'孔乙己'。"

Day 4.

执着的人最悲凉，清醒的人最荒唐

孔乙己是一个有血有肉的人物存在，也正是他身上所带有的具有普遍性却让人无可奈何的难题，使其具有超越性。那么，鲁迅是如何在空间和时间组成的坐标系中，塑造出如此典型的人物形象的呢？

小说开头以全景式的镜头展示了酒店的环境。鲁镇的酒店的格局是和别处不同的：

> 当街一个曲尺形的大柜台，柜里面预备着热水，可以随时温酒。做工的人，傍午傍晚散了工，每每花四文铜钱，买一碗酒，——这是二十多年前的事，现在每碗要涨到十文，——靠柜外站着，热热的喝了休息；倘肯多花一文，便可以买一碟盐煮笋，或者茴香豆，做下酒物了；如果出到十几文，那就能买一样荤菜，但这些顾客，多是短衣帮，大抵没有这样阔绰。只有穿长衫的，才踱进店面隔壁的房子里，要酒要菜，慢慢地坐着喝。

环境是小说的基本要素。在《孔乙己》中，鲁镇的咸亨酒店这个环境主要不是自然环境，而是一个阶层界限清晰的社交环境。鲁迅寥寥几笔，就将咸亨酒店的阶级空间勾勒得一清二楚。对现代小说来说，18—19世纪欧美长篇小说那种大段的环境描写已经不合时宜，但这并不意味着环境是一个必须被舍弃的因素。鲁镇的咸亨酒店营造了一种人情社会的氛围感。

鲁镇在鲁迅小说中，就像以其他地名出现的背景如《故乡》中的故乡、《阿Q正传》的未庄、《长明灯》的吉光屯、《在酒楼上》的S城等。这些地方都象征旧中国社会，鲁镇也好，故乡也好，只是一个大背景，鲁迅喜欢把旧中国的社会及其群众浓缩成一间酒店，在《孔乙己》《明天》《风波》《祝福》中这意象叫作咸亨，在《长明灯》和《药》里只称作茶馆。

咸亨酒店里人与人之间的关系，国民精神的麻木愚昧、冷酷无情，孔乙己身上所带有的被压迫与被侮辱者的双层悲剧，这些或许也是当时中国"病态社会"及其"不幸的人们"的象征。正因为鲁迅把旧中国缩小成一个鲁镇，又把焦点放在咸亨酒店，旧社会的各种症结都立体地通过酒店这个象征表现出来。

如果说环境是一种空间氛围，而时间在小说中呈现为伸缩自如的机制，这是小说短却能精确并真实地塑造人物的关键。比如：

孔乙己一到店，所有喝酒的人便都看着他笑，有的叫道：

“孔乙己，你脸上又添上新伤疤了！”

听人家背地里谈论，孔乙己原来也读过书，但终于没有进学，又不会营生；于是愈过愈穷，弄到将要讨饭了。

有一回对我说道：“你读过书吗？”我略略点一点头。

有几回，邻居孩子听得笑声，也赶热闹，围住了孔乙己。

有一天，大约是中秋前的两三天，掌柜正在慢慢地结账，取下粉板，忽然说：“孔乙己长久没有来了。还欠十九个钱呢！”

这篇小说短，但内涵却丰富，其精妙之处就在于通过“一般时”的缩略叙述，包含了丰富的信息。《孔乙己》虽属于小说体裁，不同于古典小说按照时间线的推进，它不以情节为重，而是以场景为重。折叠的时间中，恰恰是鲁迅为鲁镇留下的空白，他的留白，不只是空白，而且旨在引发读者的想象。

为什么孔乙己如此令人印象深刻呢？关键在于鲁迅将孔乙己在小说中的遭遇“常态化”了。孔乙己到店时，大家取笑他，不在店时，大家议论他，而出了店，还有邻居家的孩子围着向他要豆吃。可谓没有一句对话、一个场景是多余的。

Day 5.

一个人的悲剧，也是一个时代和民族的悲剧

小说中的看客们，无论是小伙计还是酒客们，都自以为在孔乙己之上，“孔乙己”的绰号不仅是酒客们对他的印象，而且暗含着对他的贬低。其实他们在某种程度上，与孔乙己共享着同样的封建文化逻辑——中举才是成功。

但孔乙己的处境是：没有中举，也不会营生，穷困潦倒。既然在他们的判断中，孔乙己低人一等，甚至连小伙计“我”也认为孔乙己像“讨饭一样的人”，便去嘲弄、哄笑他。和鲁迅《祝福》《阿Q正传》等小说中的看客一样，猎奇心理使他们围观，歧视心理使他们嘲弄，更为可怕的冷漠使他们袖手旁观。

“孔乙己是这样的使人快活，可是没有他，别人也便这么过。”这句话像一条分割线，代表孔乙己命运的转折点。

而酒客们高高在上的“看”并没有结束，更没有转折：

> “孔乙己长久没有来了。还欠十九个钱呢！”我才也觉得他的确长久没有来了。
>
> 一个喝酒的人说道：“他怎么会来？……他打折了腿了。”

“他总仍旧是偷。这一回，是自己发昏，竟偷到丁举人家里去了。他家的东西，偷得的么？”

“后来怎么样？”

“怎么样？先写服辩，后来是打，打了大半夜，再打折了腿。”

“后来呢？”

“后来打折了腿了。”

“打折了怎样呢？”

“怎样？……谁晓得？许是死了。”掌柜也不再问，仍然慢慢地算他的账。

孔乙己的遭遇却丝毫未唤起掌柜的痛感和同情，反而是喝酒的人或因醉酒，或因讲述者的身份引起了些许共情。孔乙己最后一次登场，已陷入最悲惨的境遇中：

他脸上黑而且瘦，已经不成样子；穿一件破夹袄，盘着两腿，下面垫一个蒲包，用草绳在肩上挂住；见了我，又说道：“温一碗酒。”

掌柜也伸出头去，一面说：“孔乙己么？你还欠十九个钱呢！”孔乙己很颓唐的仰面答道：“这……下回还清吧。这一回是现钱，酒要好。”掌柜仍然同平常一样，笑着对他说：“孔乙己，你又偷了东西了！”但他这回却不十分分辩，单说了一句：“不要取笑！”

这种对于孔乙己的嘲弄在小说中没有例外，身为孩子的“我”也如此：在这些时候，“我”可以附和着笑，掌柜是决不责备的。他说：“读过书，……我便考你一考。茴香豆的茴字，怎样写的？”“我”想，讨饭一样的人，也配考我吗？便回过脸去，不再理会。孔乙己等了许久，很恳切地说道：“不能写吧？……我教给你，记着！这些字应该记着。将来做掌柜的时候，写账要用。”

文中的“我”在当时是十几岁的孩子，大概在价值观形成的阶段。孔乙己其实也在潜意识中认定了伙计和掌柜的同质——“将来做掌柜的时候，写账要用”，只因为“我”是孩子，所以孔乙己仍抱有一丝希望，但这支小火苗也几乎被掐灭了。

“人类的悲欢并不相通，我只觉得他们吵闹。”这句话出自鲁迅《而已集·小杂感》。

鲁迅的伟大之处在于，他不仅揭露他人的、社会的病灶，而且时时反省自身的问题，这是一种思辨的精神，也许正因如此，他的小说才会经久不衰。

Day 6.

弱者怯懦，却挥刀向更弱者

《孔乙己》并不以孔乙己的视角直接控诉这个黑暗的社会和冷漠的人心，而是以一个孩子的视角看待孔乙己和看客们。孩子的视角在小说创作中并不少见。林海音的《城南旧事》以小女孩英子的视角见证了“疯女人”、妞儿、兰姨娘等在艰难生活中对美好的向往以及向往的破灭。麦家的小说《人生海海》正是由一个孩子的讲述揭开了上校的惊天秘密。

《孔乙己》中的小伙计并无智商的缺陷，却明显缺乏思想与情感的敏感，成为酒店中看客的一员。小说开头便呈现了“不太聪明”的小伙计形象。

> 我从十二岁起，便在镇口的咸亨酒店里当伙计，掌柜说，样子太傻，怕侍候不了长衫主顾，就在外面做点事吧。外面的短衣主顾，虽然容易说话，但唠唠叨叨缠夹不清的也很不少。他们往往要亲眼看着黄酒从坛子里舀出，看过壶子底里有水没有，又亲看将壶子放在热水里，然后放心：在这严重监督下，羼水（即搀水）也很为难。所以过了几天，掌柜又说我干不了这事。幸亏荐头的情面大，

辞退不得，便改为专管温酒的一种无聊职务了。

温酒这一任务，一方面，需要坐在酒店门口，这样，不管是长衫主顾还是短衣帮，小伙计都能将其收入眼底；另一方面，这任务又很无聊，小伙计有大把的时间熟悉店内外，不管有意无意，他总是能第一时间了解情况，无疑是讲述整个故事的好角色。然而，鲁迅选择“小伙计”作为叙述者不仅仅是身份这一层的原因。

鲁迅在《狂人日记》最后发出的一声呐喊：“救救孩子！”他相信后起的生命“总归是有进步的”。

小伙计“孩子”的身份，使得孔乙己与读者希望他并不是看客。但《孔乙己》的深刻与痛感就在于小伙计的被同化。“样子太傻”这样的判词是来自成人世界的评价，从这一句看似贬义的评价里，我们看到了小伙计最初的纯真。“怕侍候不了长衫主顾”，无非长衫主顾傲慢，小伙计不会或不愿阿谀；小伙计被从侍候长衫主顾的差使旁边赶开后，做不到伺机往酒里掺水，是纯朴诚实的天性使然；别人嘲笑孔乙己，但小伙计看到了他“从不拖欠”的品行……

然而随着时间的流逝，在等级分明、欺诈势利、冷酷无情的咸亨酒店里成长的小伙计，渐被同化而变得麻木冷酷。孔乙己考他“茴”字的写法，他心里想讨饭一样的人，不配考他。孔乙己虽有炫耀学识之嫌，但同时也为小伙计着想，“将来做掌柜的时候，写账要用”。然而他还是不领情，当孔乙己又考到“茴”字的四种写法时，他终于走远了。

而在小说的后半部分，孔乙己的境遇越来越差，看客们的玩笑一如既往。这个时候，人性的冷漠冲破喜剧的掩盖凸显出来。而小伙计则彻底沦为了“沉默者”，任凭掌柜走过去继续奚落孔乙己。面对穿着一件破夹袄盘腿垫包坐着用手走路的孔乙己，小伙计也只是“温了酒，端出去，放在门槛上”。

“以乐景写哀，以哀景写乐，倍增其哀乐。”孔乙己身上的双重悲剧是小说的主线，但小说中的其他人物各有“难念的经”。鲁迅曾说过，作这篇小说还有一个目的，就是写出这社会对苦人的凉薄。弱者本应更为团结，相互取暖，或可还能熬过黑暗与寒冷。但社会中的人大多选择了冷漠，于是便有了太多的“孔乙己”。

那些不断取笑孔乙己的人，一次次地在孔乙己伤口上撒盐，一次次将孔乙己的悲惨提炼成调节自己生活的笑料，不由得令人想起《祝福》中那群特意寻来听祥林嫂悲惨故事的老妇人。看客是一群深刻内化社会权力秩序的普通人，他们接受社会秩序的已然，并不对此间的任何不公不平有任何心理波动。

如果小说只表现孔乙己一类旧知识分子身上理想与现实的冲突，固然也是典型的，但鲁迅还在其中设置了一个小伙计和一群酒客作为看客，时间和空间上的“看与被看”使得文本的反讽更为深刻。

“我”在回忆中是个十几岁的少年，即使20多年后，回忆起孔乙己，印象最深的还是：“只有孔乙己到店，才可以笑几声，所以至今还记得。”鲁迅为之悲哀与呐喊的，正是作为希望的孩子。不论是在《孔乙己》，还是在《铸剑》，抑或是在鲁迅的《药》《示众》等其他小说中，始终有孩子的身影。

“救救孩子”是一句响彻百年的呼喊，却也内含着悲剧性。这是对自己的、对现实的悲观，才将希望全部寄托在未来。鲁迅在《我们现在怎样做父亲》一文中坚定而深情地表明自己：“背着因袭的重担，肩住了黑暗的闸门，放他们到宽阔光明的地方去。”

如今，鲁迅先生的呐喊仍在耳边回响。

Day 7.

年少不懂书中意，读懂已是书中人

鲁迅对孔乙己是“含着泪”的。他是“站着喝酒而穿长衫的唯一的人”，可遗憾的是，他也和酒客们一样，将封建社会考中秀才当作终极理想，忽视了学习知识本身。愤怒、心虚、恳求，孔乙己的境遇在物质上恶化，在精神上却是一如既往的执拗。

虽然作者也在其中通过小伙计叙述孔乙己轻易不拖欠酒钱、给孩子们分茴香豆吃使孔乙己的形象更加丰富，但道德伦理的善良，终究不能等同精神境界的丰富。他是所有时代失败者的象征，具有极强的典型性。对于这类人物的揶揄和歧视，直到今天依然存在，这是一种统一的文化秩序对于人精神的控制。

而鲁迅对于看客形象的描写，直面人性的阴暗面，看客们对于弱者的冷漠、麻木、毫无同情心的态度，实在是人们不想承认却无比真实的人心一隅。更甚者，正如之前所提到的，从开头和结尾的暗示中，我们可以确定这是“我”在20多年后对十几岁时经历的回忆，这是小说成立的前提。

酒店的格局、酒水的价格，一来将自然环境通过“长衫与短衫”转化为阶级划分的环境，二来点明叙事时间，通过这一小段介绍可以看出，20多年来，除了时间和酒水的价格，几乎什么都没有变，就和那句“别人也便这么过”一般，多么平静的叙述。

“笑”对“我”的回忆来说是重要的，也是“可怖”的。

日常生活中的“围观”随处可见，围观本身并不是最可怕的，也有因为围观群众出手相救而促成一件好事。对于围观的反讽，在于人们对于围观的事情并不关心，而是为了满足自己的猎奇心理。对弱小者嘲弄，对示众者冷漠，甚至《示众》中的看客到了百无聊赖的境地，这种人心的麻木才是最为可怕的，也是最值得反讽的。

在这里，鲁迅已经窥探到人性的阴暗面，酒店内的每个人都冷漠与残忍，反讽的力量使阴暗占据了人性的大部分。我们也许可以猜测，孔乙己之所以总是来到这个对他并不友好的酒店，是否因为这里的看客已是最友好的了呢？这是谁都不愿做出的猜测。

遗憾的是，“孔乙己”也有其现实原型。孙伏园在《鲁迅先生二三事·孔乙己》中这样说：《孔乙己》的主角孔乙己，据鲁迅先生自己告诉我，也确有此人，此人姓孟，常在咸亨酒店喝酒，人们都叫他“孟夫子”，其行径与《孔乙己》中描述相差不多。

他本姓孟，大家叫他孟夫子，他的本名因此失传，他读过书，但终于没有进学，又不会营生，以致穷得讨饭。他替人家抄书，可是喜欢喝酒，有时连书纸笔都卖掉了。穷极时混进书房里去偷东西，被人抓住，硬说是“窃”书不能算偷……他常到咸亨酒店来吃酒，可能住在近地，却也始终没人知道。后来他用蒲包垫着在地上，两手撑了走路，也还来吃过酒，后来便不见了。

相传绍兴城内还有一个名叫“亦然先生”的，此人由于生活贫困不堪，为谋生计，只得去卖烧饼油条勉强度日。因他不肯脱下长衫，又不愿意大声叫卖，只好跟随别的卖大饼油条的小贩后面。小贩们吆喝一次，他跟在后面低低地叫一声“亦然”，令人啼笑皆非。

街上的孩子们见他身穿长衫，手提货篮，叫着人们听不懂的话，于是就围着哄笑起来，异口同声叫他“亦然先生”。从此，“亦然先生”就扬名绍兴了。

据说，“亦然先生”卖完大饼油条，就缓缓地踱到咸亨酒店。掏出几枚铜钱，要一碗酒，一碟茴香豆，慢吞吞地边喝酒，边津津有味地嚼着茴香豆。孩子们一见“亦然先生”在喝酒，纷纷地赶来讨茴香豆吃。他就每人一颗地分给孩子们，直到碟子里的茴香豆所剩寥寥无几了，就用手盖住碟子，嘴里念念有词：“不多不多！多乎哉？不多也……”

《孔乙己》写酒店，用酒店格局介绍了人文的阶层环境；写说笑，写出了人心的冷漠；写细节，将时间折叠，凸显人物性格。孔乙己一直以自己没有考中秀才为难堪，从青筋暴露到颓唐恳求，谁都没有怀疑“为什么孔乙己必须考中秀才”，谁都没有注意“孔乙己虽落魄，但人不是坏的”。

无论是学生时代的学习，还是进入社会后的再次阅读，孔乙己这个形象已进入绝大部分中国人的心中，并深深地影响了一代又一代中国人的思想观念，进而悄悄地改变了许多中国人的精神。鲁迅先生喜欢这篇小说，大概不仅在于其塑造了孔乙己的典型形象，也不仅在于写出了一般社会对苦人的凉薄，还在于他心怀这样的悲愤之情，依然选择保持“心理距离”，以第三人称的小伙计视角将其平静地叙述，以理性转化情绪，使得《孔乙己》在喜剧外壳下，隐隐透露着一种大悲，这样纯熟的小说艺术，可见鲁迅先生之大手笔，无愧于中国现代文学的“旗手”。

《人间失格》

幸福源于内心对世界的原谅与悦纳

[日]太宰治

《人间失格》出版于1948年，它既是太宰治的“遗作”，也是“无赖派文学”最具影响力的作品。“无赖派文学”是由太宰治最先提出，并在创作上加以实践，旨在以自嘲、反抗的态度，如实记录当时颓废、混乱的战后社会。

该书以第一人称的视角，塑造了一个软弱而又渴望被救赎的灵魂。太宰治用大约5万字的篇幅，巧妙地将自己不幸的人生经历，融入了男主人公叶藏的悲剧人生中。小说中，主人公叶藏内心的苦闷与痛苦，都是真实的。而这份锥心刺骨的痛，也伴随着《人间失格》的完成，将太宰治推向了死亡。

Day 1.

有一种“悲观”，是为了能“乐观”地活下去

“我知道有人爱我，但我好像失去了爱人的能力。”这是太宰治写在《人间失格》中的句子，亦是主人公叶藏终其一生想习得却“爱无能”的苦闷。

故事发生在20世纪30年代的日本，主人公叶藏生于一个富庶的家庭。按理说，叶藏一出生就在“罗马”，目之所及本该都是美好的事物，可叶藏却始终无法相信人类对他表现出来的善意，因为他自幼目睹了人们表面和平，私底下狠狠批评他人的伪善嘴脸。渐渐地，叶藏对人产生了一种莫名的恐惧。为了能消除这种恐惧，也为了能更好地活下去，叶藏决定融入。

可这份融入，却并非真心地认同，而是一种不想被误认为异类的、形式上的讨好。违心的讨好并没有将叶藏救赎，也无法让他变得更快乐。尽管叶藏的两次自杀都以失败告终，但重生后的他，却依然对生活、对社会、对世界充满了绝望……

为何满是颓丧的作品竟能成为经典？了解了太宰治一生的遭遇后，或许我们就会明白，原来“人间失格”这四个字，不单是书名，更是太宰治对自己的救赎。

正如日本评论家鸟居邦朗评价《人间失格》时曾说的那

般："读者可以清晰地看到太宰治正是以自身为原型，创造了叶藏其人。"

现实中的太宰治，亦如叶藏一样，是一个被"罪"压得喘不过气的悲观主义者。

太宰治曾在《春之枯叶》中写道："罪多者，其爱亦深。"在他看来，只有那些能清楚地意识到自己的罪孽并懂得弥补自己所犯罪孽的人，才能亲切地对待他人，并真正地"以爱自救"，从而消除世间的黑暗。"以爱自救"源于《圣经》中"爱人如己"的戒律。

20世纪30年代，在各种思想的冲击以及二战的悲凉底色下，正值青年的太宰治价值观也重新得到了调整。那份深藏心底的哀愁，以及对人性虚伪的不满，让他借助叶藏之口表达了出来。和书中的叶藏一样，太宰治同样出生在一个富庶的大地主家庭。可他却认为，相较贫困潦倒的普罗大众，富有就代表着压制、象征着罪恶。

太宰治在《人间失格》中写道："每当我想起吃饭的场景就不自觉地不寒而栗。再加上我们家是个传统古板的家庭，就连菜式基本上都是一成不变的。什么山珍海味，什么豪华大餐，这些对我来说是想都不敢想的。我在那个昏暗的屋子里，坐在最后面的位置上，冷得直颤抖。"

在日本传统的父权家长制度下，父亲高高在上，在家中具有绝对的话语权。长子作为大地主家庭的继承者，备受父母、长辈的关注。而太宰治作为家中的老幺，在阶级严明的家族中，从一出生就渴望得到父母的关爱，却事与愿违，成了家中的隐形人。正因如此，他性格孤僻，对一切都失去了信心。

叶藏说："我的不幸，恰恰在于拒绝的能力。因为我害怕一旦拒绝别人，便会在彼此心里留下永远无法愈合的伤痕。"

在《人间失格》中，叶藏为了避免拒绝别人，先是将自己变成了一个讨好型的"小丑"，而后又发现讨好无用，于是撕下乖巧的面具，成了一个不让人省心的逆子。现实中的太宰治亦是如此，他从小跟着姑姑和保姆长大，缺乏父母的关爱。敏感、纤细的他以为讨好与叛逆都可以实现自救。却不曾料想，所有的自我救赎，都以失败告终了。

Day 2.

要更爱你自己，不要为了讨好别人而委屈自己

《人间失格》的故事，是由叶藏不同时期的三张照片开启的。第一张是叶藏幼年时期的照片，他歪着头，笑得煞是诡丑，让人越看越觉得不快；第二张是高中时期的叶藏，他一身学生装束，虽俊美得让人吃惊，却笑容轻俏，没露出一丝生机；第三张是叶藏成年后的照片，他戴着一副“死相”，令人不由自主地毛骨悚然。

“回首前尘，我的人生充满了羞耻的记忆。对我而言，究竟应该拥有怎样的人生，我完全参悟不透。”

这是叶藏在第一封手札的开头写下的文字，亦是太宰治用了39年都无处宣泄的苦闷。

叶藏出生在东北乡下一个富庶的家庭，从小体弱多病的他，敏感、脆弱，总觉得自己身处地狱，背负着十个足以取人性命的“祸胎”。可身边的人对于叶藏的痛苦却不以为然，他们觉得叶藏很幸福，起码不用为了生计而愁，更不用担心因为穷而饿肚子。

“人不吃饭会死的！”这是叶藏从小听得最多的一句话，也是令他生厌和害怕的一句话。吃饭是每个人最基本的生理需

求，但叶藏却觉得吃饭是一天当中最痛苦的时刻。因为每到用餐时间，他们都必须面对面地相向而坐。在“食不言，寝不语”的驯化下，家人们就像是低头扒食的“猪”，全程毫无交流，令人顿生寒意。

这对一个天真烂漫的孩子来说，简直就是扼杀天性的折磨。这样的折磨，叶藏每天都要经历三次。为了能融入人类正常的生活圈子，叶藏甚至把自己变成了一个“小丑”，出尽洋相地去讨好每一个人。他会以毛衣搭配浴袍的滑稽造型，引得家人哈哈大笑；也会为了讨父亲开心，而让父亲给自己带自己并不喜欢的玩具狮子；还会和着男用人不成调的琴声，胡乱地跳印第安舞。

叶藏说：“对人类，我始终心怀恐惧、战战兢兢，而同为人类的一员，我对于自己的言行举动更是毫无自信；只能独自将哀伤偷偷锁进心中一隅，抑郁、神经质，通通深藏起来，同时装出一副天真无邪的乐天模样，逐渐将自己改造成一个装疯卖傻的怪人。”

可这种方式的讨好，真的能换来尊重吗？叶藏没想这么多，在他看来，无论是在家，还是在学校，只要能逗得大家哈哈大笑，就能成功地隐藏真实的自己。他原本对自己的“演技”非常满意，可一个人的突然出现，却让他感觉到了危机。这个人就是叶藏的中学同学竹一。

竹一身体瘦弱，总是穿着一件破旧的上衣，因为穷，功课又不好，在班里没什么朋友。原本，叶藏也没有把他放在心上，直到在体操课上，竹一一眼识破了叶藏精心设计好的跳杆失败，叶藏才不得不开始关注竹一，并想尽办法去收服他。

某个初夏的傍晚，天空突然下起了瓢泼大雨。叶藏才以借伞为由，拉着竹一跑回了他寄宿的亲戚家。“耳朵好痛，我只要一淋到雨，耳朵就会痛。”竹一站在叶藏的房间，怯怯地说。叶藏换下湿漉漉的衣裳，这才注意到竹一的两只耳朵脓水外冒，眼看就要流到耳郭外了。“都怪我，偏要拉着你在大雨中奔跑，对不起哦！”

叶藏见状，一边道歉，一边找来棉球和酒精，让竹一躺在自己的膝盖上，仔细替他清洁耳朵。竹一很感动，以为叶藏真心想和他交朋友，却不曾料想，叶藏伪善地讨好，不过是为了收服竹一，让他不要在学校里揭发自己装疯卖傻罢了。

有讨好型人格的人，就是会像叶藏一样，在人际交往中一步步放弃自己的边界。这就像《被嫌弃的松子的一生》中的松子，她为了能得到父亲的喜爱，而不断地做鬼脸，甚至做一切父亲喜欢她做的事。她以为自己放弃自尊的讨好，能换来父亲的喜爱，于是长大后也会下意识地去讨好别人。可她却并不知道，真正爱她的人，舍不得她委曲求全去讨好。而她用讨好换来的，也不过是别人心底的怠慢罢了。

心理学家荣格曾说：“原生家庭对家里子女的影响越深刻，子女长大以后就越倾向于按照幼年时小小的世界观，来观察和感受成年人的大世界。”尤其是叶藏，他是家中老幺，父亲忙于工作不管他，母亲体弱多病管不了他。正因如此，才使得叶藏没有在情感上与父母建立信赖。因为不信赖父母，所以，他在经历女用人的侵犯时，才会不知道该怎么反抗，甚至在事后也没有向父母告状；在被父亲质疑时，他更是不敢坚持自己的想法，而是选择了听从父亲的安排。

叶藏喜欢画画，但是他拿给外人看的画作，从来都是中规中矩的、极尽美好与正能量的。可是在竹一面前，叶藏却敢于用丑陋、夸张的妖怪式画法来描绘他眼中的世界和自己。竹一说：“你一定会成为一个了不起的画家的！”叶藏信了，尽管他觉得这是竹一的恭维，却还是觉得受到了鼓舞。每个人的内心深处，都渴望被尊重、被认可。尤其是对从小缺爱的叶藏来说，他的渴望更是胜过所有人。

在竹一的鼓励下，叶藏来到了东京，因为他想考美术学校，想真正成为一名画家。可这样的想法还未说出口，叶藏的父亲就给他安排了别的路。叶藏内心苦闷，可他还是无力拒绝，于是便按照父亲的想法，报考了东京的高中。只不过，对父亲言听计从的叶藏，高中还未毕业，父亲就不再给他生活费了，甚至还与他断绝了关系。

Day 3.

选择待在什么样的人身边，你就会变成什么样的人

叶藏考上东京的高中后，便离开了寄宿的亲戚家，开始了集体寄宿生活。可他骨子里是个“社恐”，根本无法真正地融入集体之中，于是便拿着医生出具的浸润型肺结核诊断书，搬出了宿舍，住进了他父亲在上野的别墅。

叶藏的父亲是赫赫有名的政治家，大部分时间都在东京办公。叶藏以前经常见不到父亲，这次来东京上高中，与父亲接触的机会变多了，本该关系更加亲近才对，可叶藏却心生恐惧，不敢与父亲单独相处。

现代心理学研究表明：“童年是人的一生中重要的发展阶段，童年经验是一个人心理发展不可逾越的开端，人的一生都要受童年的影响。”叶藏就是如此。他从小缺爱，无法与父母亲近。长大后，又因为恐惧，拒绝与父母亲近。尤其是叶藏的父亲，他对叶藏而言，更是掌权人、操纵者一般的存在。所以，每每待在父亲身边，叶藏就会莫名感到窒息。为了避免与父亲过多地相处，在上野别墅生活的那段日子里，叶藏即便对上学毫无兴趣，也还是会早早地出门，赶往学校。

不过，也正因如此，叶藏才有时间去西洋画家安田新太郎

的画塾学习画画，去继续完成自己的梦想。叶藏本以为，在画塾画画，只需面对画纸和画笔即可，不必去应付复杂的人际关系。却不料想，堀木正雄的出现，彻底改变了他的人生轨迹。

堀木正雄是东京本地人，他比叶藏年长6岁。因为毕业后，家中没有画室，便在固定时间到画塾来学习画画。叶藏对人心存恐惧，每次在画塾遇见堀木正雄时，从未想着跟他聊上几句。直到堀木正雄突然找叶藏借钱，并拉着他去小酒馆喝了两杯，叶藏才逐渐与堀木正雄熟络了起来。

第一次喝酒，叶藏就被堀木正雄毫不吝啬的恭维打动了。堀木正雄说："我早就开始注意你了，就是你这种带点腼腆的微笑，那是志大才高、将来必定大有出息的艺术家特有的表情！"堀木正雄是第二个肯定过他画画才能的人。那一刻，叶藏便在心里认定了这个朋友。叶藏是一个很容易被人影响的人，当初他之所以会突发奇想地想学画画，源于竹一送给他的凡·高自画像。如今，叶藏喝酒、抽烟、玩世不恭的坏毛病，也同样是受到了堀木正雄这个损友的影响。

叶藏说："我始终对堀木正雄心怀蔑视，未曾高看过他，并且不时提醒自己，仅是玩乐而已，只当他是个酒肉朋友罢了，有时甚至耻于和他为伍。但在同他搭伴游乐的过程中，我终于被他攻破了。"

这其实就是"同伴效应"的作用，人因为长时间和同伴在一起，而受到同伴或好或坏的影响，并最终被同化，也就是我们常说的“近朱者赤，近墨者黑”。堀木正雄聒噪、会玩，叶藏待在他身边，从不必担心与人接触时的尴尬。他觉得很安心，安心到可以把钱包交给堀木正雄支配。

叶藏以为，堀木正雄是个不错的伙伴，却并没有察觉，他与堀木正雄之间的“友谊”不过是一场金钱的交易罢了。叶藏父亲任职议员期间，叶藏常带着堀木正雄在东京赊账吃饭或买东西。父亲每个月给的零用钱，叶藏也会交给堀木正雄分配。可父亲任职期满后，这样毫无后顾之忧的好日子就一去不复返了。

上野的别墅转手后，叶藏孤身搬进了陈旧昏暗的公寓。堀木正雄见昔日的富家少爷失去了家人的庇护，并没有打算接济他，而是怂恿叶藏变卖自己的东西换钱。堀木正雄想喝酒时，总会来找叶藏，花光他口袋里的最后一分钱。即便是堀木正雄不来榨干他，叶藏也会自己花光口袋里的钱去买酒。在他的世界中，酒、烟、女人，已经成了他逃避现实的工具。直到恒子的出现，才让叶藏再次面对了现实。

因为样貌俊美，且眉眼中透着一丝哀伤，所以女人见到叶藏后，都会忍不住地想靠近他、帮助他。恒子也如此。她是银座高级西式酒馆的女服务员，也是诈骗犯的妻子。或许是因为孤独，又或许是出于对叶藏阴郁寡言的好奇——恒子见叶藏拿着十日元来酒馆喝酒时，并没有下逐客令，而是自掏腰包，请他吃了一顿丰盛的菜肴。

面对恒子的慷慨，叶藏并没有拒绝，并且在离开酒馆后，随恒子回到了住所，共度了一夜春宵。那晚之后，叶藏便没有再联系过恒子，因为他觉得恒子和其他女人一样，不过是想束缚他、逼迫他。直到11月末，堀木正雄来找叶藏喝酒，他才口袋空空地第二次去了恒子所在的酒馆。恒子不负所望，再次自掏腰包地救了叶藏。可她的生活也没那么顺利，同样为生活所苦、被孤独所伤的她，也渴望能得到“救星”的救赎。然而，属于恒子的“救星”却始终没有出现。于是，恒子想到了去死，而叶藏，则与她结伴跳入了大海。

他真的想死吗？叶藏说：“我当时还没有实际做好‘死’的准备，心底仍隐隐潜藏着某种游戏的心态。说到底，我当时还没有彻底摆脱富家少爷的本来面目。”

为了能毫无痛苦地活下去，叶藏只能用酒精和女人来宣泄自己的痛苦。然而，毫无生存能力的叶藏，不得不面对囊中羞涩的现实。无法摆脱富家少爷光环的他，便再也没有勇气继续活下去了。

然而，叶藏这一次的自杀，并没有成功。他得救后，被收容进了海边的一家医院里。不久，警察就以协助自杀罪的罪名，将叶藏带去了派出所。学校得知后，开除了叶藏；父亲和家里人得知后，则与叶藏断绝了关系。

Day 4.

一个人是不是真心待你，等你落魄时就知道了

镰仓殉情事件后，叶藏被判免予起诉，担保人涩田是叶藏父亲的朋友。因为其长相及眼神像极了一条“比目鱼”，所以，叶藏的父亲常唤涩田为“比目鱼”。“比目鱼”会和他店里的小伙计轮流盯着叶藏，不允许他外出，也不允许他抽烟、喝酒。“比目鱼”自己开了一家小店铺，里面全是些破玉烂瓦、拿不上台面的东西。不过，谁家要是有珍奇秘宝想卖，还是会找他帮忙联系买家。

塞万提斯曾说：“自由是上帝赐给人类的最大的幸福之一。”可如今，自由对叶藏来说，却是一种奢侈。叶藏很沮丧，却也无力拒绝。倒不是为了讨好谁，而是出于对生活的无力感。自从父亲与叶藏断绝关系后，要不是叶藏哥哥瞒着全家，将其托付给了“比目鱼”，那叶藏根本就活不下去。

寄人篱下的日子并不好过。天性敏感的叶藏，与“比目鱼”一番长谈之后，最终还是选择了离开。

3月末的某个黄昏，“比目鱼”突然邀请叶藏下楼去吃大餐。餐桌上，“比目鱼”不仅一改常态地称赞叶藏，更亲切地露出了久违的笑容。叶藏一头雾水，料想事出反常，一定是

“比目鱼”从哪里又找到了赚钱之道。起初，叶藏只是闷头不语地吃饭。可是几杯清酒下肚后，他就有些醉了。尤其是“比目鱼”问出那句“往后，你究竟有何打算”时，叶藏更是忍不住地哭了起来。“比目鱼”见叶藏满面愁容，便继续说道：“只要你有信心，就可以重新振作，获得新生。假如你想洗心革面，认真来找我商量的话，我自会帮你出出主意。当然，我‘比目鱼’是个穷光蛋，能给予你的资助有限，假如你还奢望过从前那种阔绰的生活，肯定会让你失望。不过，只要你肯踏踏实实，制定出一个将来的明确方针，然后来同我商量的话，那我一定会尽我的绵薄之力，帮助你重获新生。假如你无意认真同我商量的话，那我也毫无办法了。”

叶藏瞪大了眼睛，他听出了“比目鱼”话里有话，却不知道这话的真实意图，随即试探道：“假如您不愿意让我继续住二楼，我就去找点活儿做。我可以去当画家。”

在“比目鱼”看来，这是不切实际的。“什么?！”“比目鱼”缩起脖子嗤笑道，“这样的话，我们就没什么好谈的了。你一点也不脚踏实地。再好好想一想吧！”甩下这句话后，“比目鱼”看都不愿意再看叶藏一眼，就轰叶藏上楼了。

叶藏回到房间后，脑中一片空白。他就像被老师逼着交作业的小学生一样，实在不知道该怎样制定出一个将来的明确方针。但是他又不想辜负“比目鱼”对他的关心，辗转反侧间，叶藏想起了堀木正雄这个朋友。

去往堀木正雄家的电车上，叶藏沮丧地望着窗外。一想到堀木正雄是自己在这世上唯一的“救命稻草”，一股阴森凄凉的钝痛便从心底袭上了心头。不过，有这样一个人，总好过没有。叶藏初次到堀木正雄家拜访，本以为会得到热情的款待，却不料想，堀木正雄竟冷漠得如同陌生人一般。

“你真是让我吃了一惊啊！你家老爷子原谅你了吗？还没有？算我给你个忠告吧，再怎么傻也该到此收手了。我今天还有事，这阵子简直忙得不可开交啊！对了！你可别把我们家坐垫的带子弄断了。”堀木正雄全然没有重逢的喜悦，昔日里无话不谈的朋友，如今却连多看叶藏一眼都不愿意，正如俗话说的，“钱在人情在，钱尽缘分断”。

叶藏做梦也没有想到，堀木正雄竟也是个捧高踩低的利己主义者。亏叶藏还自诩洞察人性，却把一个从未把叶藏当作过人看的虚伪之人，当成了这世上唯一的“救命稻草”。

“你有事？什么事？”叶藏话到嘴边，却又咽了回去。因为堀木正雄已经拿起外套，站起身，朝大门走过去了。只是他没走几步，就撞见了前来找他的女客人。“哦，真对不起！我正想去拜访您呢，可谁知来了个不速之客。不过，您也不用在意他。来，请吧！”堀木正雄一边说着，一边用眼神暗示叶藏把他臀下的坐垫让出来。

叶藏识相地让出坐垫后，便一脸哀伤地蜷缩在了角落。被父亲抛弃、被“比目鱼”嫌弃。叶藏本以为堀木正雄这个朋友至少可以给他温暖，然而朋友也放弃了他。

Day 5.

内心软弱的人，常常会被人影响

叶藏幼年时缺乏母爱，长大后便将这种缺憾投射到了娼妓的身上。他不仅能被娼妓给予的善意治愈，还将自己修炼成了一个“猎艳老手”。叶藏长得颇为俊美，从小就深得女人的喜爱。拥有“猎艳老手”的气息后，他比以前更受欢迎了。不论是咖啡馆的客人、将军家的女儿，还是老家的邻居，都曾向叶藏告白过。

竹一曾预言过，女人一定会被叶藏迷倒。堀木正雄也曾说过，叶藏身上有种令女人梦云襟期的气息。所以，当堀木正雄的女客人静子说要顺路送叶藏回家时，堀木正雄丝毫都没有感到意外。

静子28岁，是名记者，在新宿的杂志社上班。这次来找堀木正雄，是专程来取画稿的。堀木正雄知道叶藏对女人有致命的吸引力，生怕静子对叶藏感兴趣，便话里话外地赶了叶藏好几回。可叶藏稳坐如钟，完全没有走的意思。堀木正雄顾忌着叶藏老家的财力、权势，不想撕破脸，因而没有过于强硬。直到收到了“比目鱼”的电报，堀木正雄才终于找到了借口赶走叶藏。

“喂！你这是怎么回事？”堀木正雄俨然一副深明大义的君子模样，气冲冲地对着叶藏喊道：“你明明离家出走跑来，竟然还一副满不在乎的样子！你现在就给我回去，不过，我眼下可没工夫送你！”堀木正雄的话音刚落，静子就在一旁探问道：“您府上在哪儿？”

“大久保！”叶藏脱口而出。

“那离我们社很近呢！或许我可以送您回去。您看起来像是个吃过很多苦成长起来的人，看得出您很敏感呢，真够可怜的！”叶藏一直渴望能被人理解，哪怕是听到堀木正雄之辈虚伪的奉承，他也能倍感鼓舞。此刻，静子的话正好戳中了叶藏心底的柔软。加之对堀木正雄重逢后咄咄逼人的愤怒，叶藏不假思索地跟着静子回了家。然而，“吃软饭”的生活只过了一个星期，叶藏就不乐意了。倒不是因为他厌倦了每天陪静子5岁的女儿繁子玩，而是因为他没有忘记自由，更渴望重获自由。

然而，叶藏想要的自由，是不再受制于人，回到之前那段吃喝玩乐的时光。

可吃喝玩乐不能没有足够的钱，为了能赚取更多的钱，叶藏必须摆脱寄人篱下的生活，变得更独立才行。于是叶藏告诉静子：“我要自己挣钱，用挣来的钱买酒、买烟。就拿画画来说，我觉得自己要比堀木这种人画得好多了。至少画漫画的话，我一定比堀木强。”

静子见叶藏露出了从未有过的认真，便信以为真。在静子的奔走下，叶藏不光和老家彻底断绝了关系，还拿到了在杂志上连载漫画的机会。叶藏靠画漫画赚得了买烟买酒的钱。可实现了抽烟喝酒的自由后，叶藏的抑郁和不安依然有增无减。因为他发现，自己越来越惧怕静子了。

心理学家卡伦·霍妮在“焦虑理论”中指出：“缺乏爱与安全感的家庭人际关系，会造成儿童对父母的敌意，并泛化为对整个社会的敌意，而对于敌意的压抑则会造成神经症人格结构的产生。”叶藏一辈子都在追求人与人之间的信任与真诚，可唯一视作朋友的堀木正雄，又为了享乐利用了他。这使得叶藏越发地绝望，并对人类的信赖跌落了谷底。所以，越是这样，叶藏就越觉得，静子有一天也会像父亲一样抛弃他，或是会像堀木正雄一般利用他。而越是这么想，他就越觉得惴惴难安，从而下定决心要自食其力。

随着叶藏的漫画越来越畅销，堀木正雄又开始上门找他了。哪怕是被堀木正雄言语贬低，叶藏也只是苦笑，并没有下“逐客令”。

堀木正雄说：“你玩女人也该到此为止了吧，再这样下去的话，世人是不会宽容的哦。”

“世人？”叶藏第一次听到堀木正雄提“世人”，就已经猜到了这个“世人”指的不是大多数人，而是堀木正雄自己。叶藏每每听到堀木正雄煞有介事的说教，心里就不免鄙夷一番。

只是，在不知不觉中，叶藏还是被堀木正雄口中的“世人”影响了。他甚至偏激地认为：“世人只是人与人之争，而且是随时随地之争，人只需要在其时其地的斗争中胜出即可。人绝不可能服从他人，即使身为奴隶，依然会以奴隶的方式进行卑屈的反噬。”于是，叶藏为了反抗“世人”，重新变成了殉情前的酒鬼模样。为了战胜“世人”，更是与静子提出了分手。

看到叶藏离开了静子，堀木正雄再也不隔三岔五地去找叶藏说教了。事实上，堀木正雄的说教，并不是为叶藏好，而是出于一种嫉妒。堀木正雄虽然嘴上一直说，“我是助你重生的恩人，也是帮你遇见静子的媒人”，但在心里，却比任何人都不想要叶藏过得好。

叶藏离开静子后，虽然又吃起了酒馆老板娘的“软饭”，却偏离了正常生活的轨道，终日浸泡在酒精里，郁郁寡欢。或许是过于醉生梦死，才让叶藏又产生了轻生的念头。又或许是生活的困顿，让叶藏实在无力面对。

Day 6.

损友有三，友便辟、友善柔、友便佞

来到酒馆后，叶藏每天就是喝酒、吹牛。虽然对人类依旧感到恐惧，但借着酒劲儿，与客人说东扯西，却还是可以让他得到片刻的快乐。浑浑噩噩地过了一年后，叶藏为了赚取更多的酒钱、烟钱，便开始画粗俗、龌龊的裸体画了。

酒馆老板娘从不干涉叶藏，哪怕他每天从中午开始就喝得醉醺醺的。可酒馆对面香烟铺老板的女儿由子，每每见到一脸醉意的叶藏过来买烟，却总是忍不住地劝说道："这样不行啊，你每天从中午开始就喝得醉醺醺的。"

由子十七八岁，神情里荡漾着一股未被任何人玷污过的气息。因为不谙世事，所以至今仍保存着对世界、对人类无条件的信任。叶藏从没见过如此单纯美好的人。于是，叶藏戒了酒，并"娶"了由子。对叶藏来说，他虽然表面上消极、颓唐，骨子里却还是渴望能被人救赎的。

由子成为叶藏没有名分的妻子后，叶藏便开始积极地投入了职业漫画的创作中。因为由子从心底由衷地相信、崇拜叶藏，所以他无论做什么，都能不畏艰难、正能量满满。渐渐地，叶藏觉得自己越来越像一个真正的人了，并试着承担起了

丈夫应有的责任。

眼看一切都在慢慢变好，堀木正雄却再一次出现了。“嘿，色魔！看你的模样，好像稍稍懂得些人情事理了。我今天是替静子来传话的。”堀木正雄说罢，顿了顿，故意压低嗓音道，“她让我来转告你，偶尔不妨也到她那里去坐坐。”

《论语》有言：“友便辟、友善柔、友便佞，损矣。”堀木正雄损友无疑。

“友便辟”，指那些见风使舵、善于阿谀奉承的人。堀木正雄初次找叶藏借钱喝酒时，就看出了叶藏想在绘画上取得成就的心思。那时，叶藏的父亲还是议员，叶藏的零用钱也多。堀木正雄为了享乐，便说了很多谄媚的话。可后来叶藏落魄了，堀木正雄无利可图，便对他的绘画能力进行了贬损。

“友善柔”，指那些当面恭维、背地贬损的人。叶藏从小见惯了父亲的朋友以及家中男用人人前夸赞、人后贬损的样子，所以才对人类的虚伪面孔深恶痛绝。也正因如此，叶藏才比任何人都要渴望得到别人的真心。再加之叶藏不具备看透人性的智慧，所以才错看了堀木正雄，并错信了他嘴上的恭维。其实，堀木正雄的表里不一，早就露出了端倪，只是叶藏没有察觉罢了。堀木正雄总是穿一身西服，头上擦着发膏，从正中分开梳得一丝不苟，俨然一副好学生的模样。可他骨子里却是个无赖，满口的污言秽语，行尽那下作、淫荡之事。

“友便佞”，指那些夸夸其谈，不着边际，却没有真才实学的人。堀木正雄能说会道，却没什么真才实学。他明明考不上美术学校，却硬要说美术学院那种地方枯燥乏味、太没意思。拉着叶藏去做“马克思主义者”时，也是贪慕这种新潮思想所给予的影响。他从不参加活动，也从未真正地理解过“马克思主义”，更没有为之而付出过什么。

有句话说得好：“益友百人少，损友一人多。”回首叶藏的过往，他每一次走向颓唐的转折，都少不了堀木正雄的怂恿和撺掇。堀木正雄盛赞叶藏，让叶藏相信他，然后再打击、贬损叶藏，让叶藏相信自己是个苟活于世的愚蠢怪物，甚至让他觉得自己有罪。因为堀木正雄从未把叶藏当作过朋友，也根本不想看到叶藏有好日子过，所以在得知叶藏与由子结婚后，他隔三岔五来扰乱叶藏的平静。

某个令人难忘的闷热夏夜，堀木正雄穿着一件皱巴巴的浴衣，突然造访。他来找叶藏借钱，叶藏手头也没什么钱，于是在堀木正雄的撺掇下，卖掉了由子的衣服，并用借给堀木正雄后剩余的钱，买了烧酒来喝。喝到一半，堀木正雄说是内急，便摇摇晃晃地起身下楼去了。可没一会儿工夫，他却折了回来，甚至还脸色大变地叫道：“喂！真让人难以想象啊！你快来！”

叶藏闻声而动，跟着堀木正雄从天台下到了二楼，没想到却撞见了由子与小个子商人“鱼水交融”的画面。那一刻，叶藏再次陷入了怀疑与恐惧之中，他没有想过天真美好的由子，竟会因为过度信赖他人、不设防心，而被男人侵犯。“难道对人纯真无垢的信任，也是一种罪过吗？”叶藏悲痛不已，从此，他对人类仅存的信任感也崩塌了。

叶藏每天喝得烂醉如泥，既不敢质问由子以前是不是也与其他男人发生过关系，也放不下内心的恐惧与忧虑，过得拧巴又悲哀。万般绝望之下，叶藏再一次以自杀的方式逃避了现实。只是这一次，叶藏又被救了回来。可重生后的叶藏，却因为绝望，而变成了吗啡的依赖者。直到身体彻底垮了，日日咳血，才被“比目鱼”、堀木正雄、由子三人共同送进了精神病院。从那以后，叶藏就像是泄了气的皮球，连苦恼的能力都消失殆尽了。

离开精神病院后，老家的大哥把叶藏接到了乡下疗养。至此，叶藏真正地失去了做人的资格，并在疾病的折磨下，20多岁就过上了需要用人照顾的日子。诚如叶藏所说：“我已经彻底变成了一个废人！”

Day 7.

生而为人，无须抱歉

高尔基曾说：“对人要好，但不要讨好。讨好能算得上人吗？当然不是！讨好别人就是贬低自己。”

为了能融入圈子，正常地与人交往，叶藏从小就学会了讨好。对待任何人，叶藏总是习惯了忍受，即便对方毫无底线地指责，他也从没想过要为自己辩解。为了能逗人一笑，叶藏甚至可以装出一副天真无邪的乐天模样。因为在他看来，家境富庶且从不用功读书，却可以名列前茅的他，过于完美，像是异类。

叶藏说：“我绝不能成为人类的眼中之碍，我只是虚无，我是风，是空气。只要能逗人一乐，管那些做什么，如此一来，即使我置身于人们所谓的生活之外，他们也不会太在意。”

起初，叶藏假装痴狂地取悦他人，只是为了保护自己。虽然这种违心的讨好，本质上也是一种欺骗。但叶藏的出发点还是要向人类求爱的，而讨好也不过是叶藏用来缓解内心恐惧的手段罢了。可是渐渐地，当叶藏习惯于躲在面具背后，完美地骗过所有人时，他就忘记了初心。

叶藏从小目睹了人类表里不一的模样，见惯了人类虚伪的丑态后，叶藏便再也无法信任任何人了，与恐惧和罪恶较量的时间长了，他也堕落了。但对叶藏而言，酷爱读书的他，一开始是相信通过爱可以获得救赎的。所以高中之后，叶藏便开始和不同的女人交往，甚至在东京过上了纸醉金迷的日子。

他本以为通过女性的温柔与美丽，可以获得精神上的救赎。可是渐渐地，叶藏却发现，这不过是一场虚妄的幻想罢了。无论是邀他一起去殉情的恒子，还是与其他男人在家中苟且的妻子，最终都没能真正地救赎叶藏，反而一步步地将他推入了罪恶的深渊。

在叶藏看来，利用女性寻求活下去的希望，本身就是一种罪孽。

日本评论家奥野健男读完《人间失格》后，曾写道："叶藏一边找寻忠于自己内心的纯粹，一边谋求对人类来说真实的爱与信赖，因此，才会被人类社会埋葬、落败。"

原本，纯真善良的妻子还是让叶藏对这个世界抱有期待的。可目睹了妻子的婚内背叛后，叶藏才发现，原来这世上根本就没有值得他相信的美好事物。而他终其一生也不可能改变现实，更无法改变人类的丑恶嘴脸。那一刻，隐藏在叶藏心底的对人的不信任感和恐惧感，又重新被激发了出来。

于是，他有了强烈的自我破坏意识，渴望通过毁灭自己实现向死而生。叶藏说："我不相信上天的爱，我只相信上天的惩罚。"

作者根据自己的真实经历，用短短5万字的篇幅，借助叶藏的独白，向我们表达了他对虚伪人性的批评和生而为人的沮丧。

王小波说：“一个人活在这个世上，是为了忍受一切摧残。”

或许，遗憾和失望会带来痛苦。但那些痛苦不过是阵痛罢了。如果你不怕它，或许这些阵痛也会变成新的生机。因为幸福从来都不源于向外求，而源于自己内心对世界的原谅与悦纳。而这，才是向死而生真正的意义。

《肖申克的救赎》

“希望”和“自由”的极致

[美] 斯蒂芬·金

《肖申克的救赎》是斯蒂芬·金最为人津津乐道的杰出代表作，曾收录于他的小说合集《四季奇谭》中，副标题为“春天的希望”，而贯穿《肖申克的救赎》这本书的主题也正是“希望”与“自由”。

小说情节引人入胜，时隔20多年依然能够打动人心，散发着一种穿越时空的魅力，以至于无数人将本书奉为经典。

由小说改编的同名电影，曾获奥斯卡奖七项提名、被称为电影史上最完美影片，至今仍稳居各大影史榜单排名之首。

Day 1.

百口莫辩时，唯沉默是最大的轻蔑

“我猜美国每个州立监狱和联邦监狱里，都有像我这样的一号人物，不论什么东西，我都能为你弄到手。”小说从瑞德的自我介绍开始，他是这所监狱里负责兜售各种商品的犯人，也是整个故事的叙述者。

他因为谋杀罪而锒铛入狱，在刚满20岁时来到肖申克监狱。在监狱里，他是少数肯痛痛快快承认自己干了什么的人。当年的他出身贫寒，但年轻英俊，被一个富家女看上，她父亲同意他们结婚，却随时监控他，就像看管家里的猫狗一样。这让瑞德心生怨恨，终于在家里雪佛兰轿车的刹车上动了手脚，结果他的太太载了邻居太太和她的小儿子一起进城去，路上因为刹车失灵而发生严重车祸，三人皆亡。

而监狱是一个江湖气十足的地方，老实人在那里恐怕一天也活不下去。但瑞德凭借他的活动能力和用心，却混得风生水起。瑞德不是个彻头彻尾的坏蛋，他做事很有自己的底线和原则，即便在监狱这种地方，他的商品目录无所不包，既能为狱友弄到巧克力、绿色奶昔，也能为他们弄到参考书和黄色书刊等。这些东西并非免费，有些甚至代价不菲。

有两种东西，他绝对不碰，一是枪械，二是毒品。因为他不愿帮助任何人把自己或他人杀掉。正是由于他在监狱的这一身份，安迪·杜佛兰找到了他，希望他能帮忙把丽塔·海华丝的海报弄进监狱，他答应了，也由此结识了安迪。

安迪·杜佛兰在1948年进入肖申克监狱时，正是而立之年——30岁。他五短身材，皮肤白皙，一头棕发，戴一副金边眼镜，指甲永远修剪得整齐、干净。在被冤枉入狱前，安迪是波特兰一家大银行的信托部副总裁。在保守的银行界，年纪轻轻就坐上这个位子，可谓前程似锦。但他却因为被指控谋杀了妻子和她的情夫而被关进了这所肖申克监狱。尽管不幸做了囚犯，他过去的生活旨趣和精神追求却仍一路伴随着他。

谈起安迪的案子，几乎无人不知。他和琳达在1947年9月10日下午大吵一架，导火索便是琳达的外遇。安迪供称琳达当时表示她很高兴安迪知道这件事，并说偷偷摸摸瞒着他约会，实在很不舒服，她要马上去雷诺城办离婚。安迪回答，要他一起去雷诺，门儿都没有，他们会先去地狱。琳达当晚便离家出走，到昆丁住处过夜，昆丁家就在高尔夫球场附近。

第二天早上，为昆丁清扫洗衣的用人发现他们两人死在床上，每人各中四枪。最后一项事实对安迪最不利。怀抱着政治热情、企图通过此案引发大量关注的检察官做了慷慨激昂的开场白和结论。他说安迪·杜佛兰是个因为妻子不贞而热血沸腾、急于报复的丈夫，如果只是出于这样的动机，我们虽然无法原谅，却可以理解，但他的报复手段实在太过冷血残忍。

《波特兰太阳报》以斗大的标题怒吼着：给他四枪，她也四枪！路易斯登镇一家店铺的伙计做证说，他在案发两天前卖了一支警用手枪给安迪；乡村俱乐部的酒保做证说，9月10日晚上7点左右，安迪到酒吧来喝酒，在二十分钟内喝了三杯威士忌烈酒之后，他告诉酒保要去昆丁家，并说如果想知道会发生什么，明天看报纸就知道了；还有一个距离昆丁家一英里（约1.6千米）远的便利商店店员告诉法官，安迪在当晚8点45分左右去过他的店，买了香烟、三罐啤酒，还有一些擦碗布。

法医证明昆丁和琳达是大约在晚上11点到凌晨2点之间遇害的。检察官派出的探员做证表示，他们在昆丁家的岔道附近找到三样物证：两个空啤酒瓶，上面有安迪的指纹；十二根烟蒂，是安迪抽的牌子；以及安迪车子的轮胎痕迹。

随即安迪走上证人席为自己辩护，称自己是无辜的。他很冷静、镇定、不带感情地述说着事情的经过。但因为找不到丢入河里的枪，无法证明他是无罪的。

瑞德花了七年工夫，才和安迪从点头之交成为相当亲近的朋友。他们自始至终都在同一层囚室。在他看来，安迪是他所认识的人中自制力最强的一个。对他有利的事情，他一次只会透露一点点；对他不利的事更是守口如瓶。

安迪始终在经历着清醒的痛苦，他知道他要翻盘的概率几乎为零，除非有确凿的证据和证人。所以他没有哭喊，没有吼叫，什么也没有。百口莫辩时，唯沉默是最大的轻蔑。

Day 2.

内心的不屈服，才是冲破黑暗的光

肖申克监狱里几乎每个犯人都声称自己是无辜的，但真正无辜的人不会超过十个。安迪就是其中之一。他进入监狱五年后，开始申请假释，但每次都被驳回，尽管他是模范犯人。

1948年夏天，他向瑞德要一样东西。安迪第一次来找瑞德时，是个星期日。瑞德当然知道安迪是谁，狱友都认为他是个冷冰冰的势利小人，一副欠揍的样子。说这种话的其中一个人叫作博格斯·戴蒙德，惹上他可真是大坏事一件。安迪没有室友，听说是他自己不想要的。瑞德没有轻易听信别人的传言，他从初次见面就很喜欢安迪，并答应帮安迪弄把敲石头的锤子。不过，他还是问了安迪，是什么样的锤子，要那种锤子干什么。

安迪很意外："你做生意还要追根究底吗？"凭这句话，瑞德就已经知道他为何会引来"势利小人"的名声——不过，瑞德也在同他的交谈中感觉到一丝埋藏得很深的幽默。

一个老旧的、贴满了胶带的棒球飞向他们，安迪转过身来，像猫一样敏捷，在半空中把球抓了下来，然后再同样利落地把球掷回去，这一系列漂亮的动作引得周围一阵惊叹。不少人在干着自己手上的活儿时，还装作不经意地用余光瞄着他们。

每个有着复杂关系网的监狱里，都有一些特别有分量的人物，小监狱里可能有四五个，大监狱里可能多达二三十个。在肖申克，瑞德在一众狱友中，怎么说也算是个有头有脸的人，他怎么看待安迪，可能会影响着安迪在这里的日子好不好过。安迪可能也心知肚明，但他从未向瑞德磕头或拍马屁，瑞德反倒很敬重他这点。

过了些时日，锤子到了。在瑞德看来，这种锤子不像逃亡工具，如果想用这样一把锤子挖地道逃出去，大概要六百年。

监狱里的“姊妹”盯上了安迪。大多数人对此事件已见怪不怪了，或许只有一些新进犯人除外，尤其是那些不幸生得俊秀又缺乏警觉的年轻犯人。这些人往往是罪大恶极的长期犯，而他们的猎物则是一些年轻、瘦弱的新囚犯……或者，就安迪而言，看起来很瘦弱的囚犯。淋浴间、洗衣机后面的狭窄通道，有时候甚至医务室，都成了他们的狩猎场。

安迪长得比较矮小，但生就一张俊脸，或许也因为他那特有的泰然自若，他一进来就被那批“姊妹”看上了。

第一次出事是在他加入“肖申克快乐家族”还不到三天，在浴室里，先是一连串的挑逗和侮辱，接着安迪狠狠反击，而且把那个叫博格斯·戴蒙德的大块头嘴唇给打裂了。

第二次则发生在洗衣房后面，博格斯当时不在场，但博格斯的四个朋友都在那儿。安迪起先手里拿着催化剂，让他们不敢靠近，他威胁着如果他们再走近一步，就要把催化剂往他们的眼睛喷过去。但是安迪往后退时，不小心跌倒，结果他们就一拥而上……

安迪孤独地经历了这些事情，就像他在那段日子里，孤零零地经历了其他所有事情一样。当博格斯和两个同党一星期后再次尾随时，安迪猛烈还击，当时厄尼刚好经过目睹了一切。那三人联手制伏他，之后再强迫安迪跪下来。博格斯站在他面前，威胁羞辱他。

安迪抬头看着博格斯，脸上带着惯有的微笑，厄尼后来跟瑞德和其他狱友描述起时曾说，仿佛他们三个人只是在和他讨论股票和债券，仿佛他还在银行上班一样，身上穿着三件套的西装。

结果，1948年2月的那个晚上，他们三个人结结实实把安迪打了一顿，差一点儿就把他打死；接着四个人都被关了一阵子禁闭。在那之前，安迪和卢斯特被送到了监狱的医务室疗伤。

那年夏天，博格斯也停止找他麻烦了。那是一件怪事。6月初的一个早上，博格斯没出来吃早饭，他们发现他被打得半死，奄奄一息地躺在牢房中。在1948年，每个囚区都有单独的门禁和警卫，贿赂警卫让两三个人混进来很容易，是啊，甚至进到博格斯的牢房中都有可能。

瑞德虽然不敢肯定这件事一定是安迪干的，但他知道安迪当时带了五百元进来。他进来前在银行工作，对于金钱能够发挥的作用，安迪比谁都更清楚。

有时被欺凌过后，安迪的样子简直惨不忍睹，下嘴唇肿得像香肠，右眼也肿得张不开，脸颊有一连串刮伤。但是不管怎样，他的双手仍然会像往常一样保持干净，指甲也修剪得整整齐齐——不管周遭环境如何，他爱惜自己，从未看低和作践自己。

在黑暗的泥潭里，不反抗，就意味着成为黑暗的同谋，但安迪是不可能成为同谋的。即使身处险境，他也有自己内心坚守的希望，从未放弃。

Day 3.

让别人服气的，就是你的无可取代

1948年秋天的一个早上，安迪在运动场上跟瑞德见面，向他要一打磨石布。这是一种跟擦碗布差不多大小的布，用来磨亮他收集来的那些石头。瑞德认为，这种擦碗布大小的正方形布垫，能干出什么大事呢！

5个月后，安迪请瑞德为他弄来丽塔·海华丝的海报，这次是借着礼堂放映电影的时候谈成的生意。安迪想办法坐到瑞德身边，电影放到一半时，他挨近瑞德，问他是否能办到。他那紧张的样子，让瑞德很想笑。他表现得像是充足了电，随时要爆发一样。

“可以呀。”瑞德满口答应给他弄进来一张大尺寸的。那时候丽塔是瑞德最喜欢的电影明星，她的海报有两种尺寸。花一块钱的话，可以弄个小张的；花两块五毛钱则可以弄到大张的，四英尺（约1.2米）高，女人味十足。瑞德按批发价给他结算。

厄尼再度替瑞德把海报拿去安迪的十四号牢房，同时，替瑞德带回一张字条，上面是安迪一丝不苟的笔迹——“多谢”。

后来有一天，早上排队去吃早餐时，瑞德找机会瞄了一下安迪的房间，看到丽塔·海华丝的泳装海报亮丽地贴在床头，这样他在每晚熄灯后，还可以借运动场上的水银灯看着泳装打扮的丽塔·海华丝，她一手放在头后面，眼睛半闭，丰满的红唇微张。可是，白天她的脸上是一道道黑杠，太阳光把铁窗栅栏的阴影印到了海报上。

有一天，厄尼从牢房的铁栅栏递给瑞德一个白色小盒子。“安迪给你的。”他低声说，两只手依然不停地挥动扫把。

“多谢！”瑞德说着，偷偷递给厄尼半包骆驼牌香烟。

当瑞德打开盒子时，看见上面铺了一层干净的棉花，而下面是……他盯了很久，甚至有那么几分钟，不敢去触碰它们，实在是太美了。肖申克监狱里，极度缺乏美好的东西，而真正令人沮丧的是，几乎所有人都已经不怀念这些美好。

盒子里是两块石英，都经过仔细雕琢，削成浮木的形状，石英中的硫化铁发出闪闪金光。这两块石英对称而精致，如果不是那么重的话，都可以做成一对很不错的袖扣。可想而知，要雕琢出这样两块精美的石英，一定是经过了熄灯以后无数个小时的打磨。首先得把石头削成想要的形状，再用磨石布不断打磨出光。

看着这份包装精美的礼物，瑞德心底生起一股暖意，这是任何人看到美好的事物之后都会在心中涌现的感觉。瑞德对安迪的毅力肃然起敬，但直到后来，他才真正了解安迪的毅力远不止这些。

1950年5月，肖申克监狱决定翻修监狱车牌工厂的屋顶。他们打算在天气还没有太热时做完，征求自愿去做这份工作的人，整个工程预计要做一个星期。上面以抽签方式选了大约十个人，其中两个正好是安迪和瑞德。有六个警卫监督他们，全是很有经验的老警卫。

其中有个警卫名叫拜伦·哈力，他听到了一个天大的好消息，却因为担心自己得不到好处正在那儿发牢骚。事情是这样的，哈力的大哥在四个月前过世了，留给他和缅因州老家每个还活在世上的家人每人三万五千美金。但因为政府要从中抽走大笔税金，这让他很发愁。安迪正在十五英尺（约4.6米）外用一根大刷子刷着沥青，听到哈力的事，他把刷子顺手丢到桶里，走向麦德和哈力坐的地方。

在场的人都紧张起来，狱警用枪支顶着他的脑袋，但他却镇定地告诉哈力，可以帮助他避税，以全额领取兄弟的赠予。开始时哈力并不信，扬言要杀了他，但安迪非常冷静，恍若没有听到恐吓。

哈力和另一位狱警合力抓住安迪，安迪没有抵抗，眼睛一直盯住哈力涨红的脸。他静静地说："馈赠礼物给配偶是完全合法的法律漏洞，我办过好几十件……不，是几百件这种案子，这条法令主要是为了让小生意人把事业传下去，是为一生中只发一次横财的人，也就是像你这样的人，而开的后门。"

再三思考后，哈力选择相信了安迪。安迪借此机会，要求给他每位同事带来三罐啤酒，他认为当一个人在春光明媚的户外工作了一阵时，如果能有罐啤酒喝，会觉得更像个人。

于是1950年，肖申克监狱的一伙奉命翻修屋顶的囚犯，在工作结束前一天的早上10点钟，排排坐在屋顶上喝着啤酒。这件事让安迪在狱中大放异彩，并因此被安排到了图书馆干活。

瑞德认为安迪不像肖申克监狱中的任何人。他回忆说："他把五百美金塞在肛门里，偷偷夹带了进来，但似乎同时也夹带了其他东西进来——或许是对自己的价值深信不疑，或许是坚信自己终会获得最后胜利……也或许只是那一种幻想自由的感觉，因此，即使被关在这堵该死的灰墙之内，他仍然有一种发自内在的光芒。"

Day 4.

每一颗强大的内心背后，都有隐忍的一面

为狱警哈力避税的事，引发了监狱长史特马和其他狱警对安迪的关注和重视。他们将他安排到图书馆干活儿，以便他更好地为他们服务。

安迪在图书馆一个叫布鲁克的老囚犯手下工作。布鲁克在20世纪20年代末期便进入监狱的图书室，因为他受过大学教育。布鲁克是在柯立芝还在当总统的时候，输掉赌局，失手杀了妻女而被关进来。他在1952年获得假释。而当罹患关节炎的布鲁克穿着波兰西装和法国皮鞋，蹒跚步出肖申克监狱的大门时，已经68岁高龄了。他一手拿着假释文件，一手拿着灰狗长途汽车车票，边走边哭。几十年来，肖申克已经变成他的整个世界，在布鲁克眼中，墙外的世界实在太可怕了，就好像迷信的15世纪水手面对着大西洋时一样害怕。

在狱中，布鲁克是个重要人物，他是图书馆管理员，受过教育的知识分子。但如果换作外面的图书馆，不仅不会得到工作，他很可能连借书证都申请不到。瑞德听说他在1953年死于贫苦老人之家，不禁感到悲凉：政府把他训练得习惯了这个粪坑之后，又把他扔了出去。

安迪接替了布鲁克的工作，干了23年的图书馆管理员，他用帮哈力避税的方法，一步一步为图书馆争取到物资，渐渐地，把原本只陈列《读者文摘》丛书和《国家地理》杂志的小房间，扩充成新英格兰地区最好的监狱图书馆。

典狱长史特马，是个残忍冷血的卑鄙小人。他五短身材，一双冷冰冰的棕色眼睛，老爱摆出一副“安迪只不过是只吉祥物”的样子，对于安迪为监狱图书馆争取补助款的事，一直持事不关己的态度。

1950年的春末到夏初，安迪为想储备子女大学教育基金的警卫设立了两个信托基金；他也指导一些想在股市小试身手的警卫如何炒股票。到了1951年春天，肖申克监狱半数以上的狱卒都由安迪协助办理退税，到了1952年，所有狱卒的报税工作都由他代劳。史特马把自己的非法收入全换成了股票、债券、公债等。安迪帮他们洗钱，也借机充实图书馆，好让狱友们出去后，可以更快地脱离这个混浊不堪的环境的影响。在这期间，有二十多个人利用图书馆的书来充实自己，并通过了高中同等学力考试。他希望将来有更多人受益。

安迪后来回忆说，“1957年，当我们需要第二间图书室时，我办到了，因为他们需要讨好我，我是个廉价劳动力，但这是我们之间的交易。”

不少长期犯甚至认为安迪是个疯子，安迪对此只是微笑。他一个人住，也喜欢这份清静。

自史特马上任后的六年，肖申克简直是人间地狱。他任典狱长时，肖申克医务室和禁闭室永远人满为患。1959年初，史特马也离开了。当时不少记者混进来调查，其中一个甚至以虚构的名字和罪状在肖申克待了四个月，准备揭发监狱里的重重黑幕，但他们还没来得及挥棒打击时，史特马已逃之夭夭。

安迪从来不曾受到史特马事件的牵连。1959年初，来了一个新的典狱长、新的副典狱长和新的警卫队长。接下来八个月，安迪恢复了普通囚犯的身份。也是在那段时期，诺曼登成了他的室友。诺曼登搬出去后，安迪又再度享受到独居的优惠。监狱管理层的人尽管换来换去，洗黑钱的非法勾当却从未停止。

有一次瑞德和诺曼登谈到安迪。“好人一个，”诺曼登说，“他是好人，从不乱开玩笑。我喜欢跟他住，但他不喜欢我跟他住，我看得出来。”

他耸耸肩：“我很高兴离开那儿。那牢房空气太坏了，而且很冷。他不让任何人随便碰他的东西，那也没关系。他人很好，从不乱开玩笑，但是空气太坏了。”

安迪房间的海报始终是那些性感而又漂亮的女郎。从丽塔·海华丝到玛丽莲·梦露再到简·曼斯菲尔德，然后是拉蔻儿·薇芝，最后是漂亮的摇滚歌星琳达·朗斯黛。

瑞德问安迪，那些海报对他有什么意义？

安迪瞥了一眼好奇的瑞德："怎么？它们对我的意义跟其他犯人一样啊！我想是代表自由吧。看着那些美丽的女人，你觉得好像几乎可以……不是真的可以，但几乎可以……穿过海报，和她们在一起。一种自由的感觉。"

"也许有一天你会明白我的意思。"安迪说。

没错，多年后，瑞德确实完完全全明白了他的意思……当他把所有细节联系在一起时，他立刻明白了诺曼登当时说的话，他说安迪的牢房总是冷冷的。

诺曼登虽然出场很少，却因为曾与安迪短暂地同住而成为关键人物，他说的话看似没有什么深意，但仿佛隐藏着什么。作者对这个人物的身份和特点设置得非常巧妙，他是印第安人，总被人戴着有色眼镜看待，是被歧视的对象，即便是在监狱里，诺曼登也不受欢迎，没有什么人与他亲近。

可是，有了这层身份，作者斯蒂芬·金仍然不放心，还给他设置了兔唇和腭裂这种天生的缺陷，导致他说话不清楚，与人交流时别人难懂他说什么，这就更加让人不愿接触诺曼登。

那么，诺曼登即便发现了什么，又能跟谁说呢？诺曼登应该意识到了，他需要与安迪保持距离。这对他来说，不一定是坏事，反而像是好事。表面上是因为那个房间太冷了，深层次的原因，可能是他发现了什么，如果继续待在那儿，就可能性命不保，会被视作同谋。但这也只是一种推测。

Day 5.

真正内心强大的人，拼得过世界险恶

1963年3月末到4月初，安迪碰到了一件让他几乎绝望的事。那时监狱换了一个新的典狱长，名叫山姆·诺顿。从来没有人看到过诺顿脸上绽开笑容。他是个有着30年教龄的老基督教徒，有教会颁发的襟章。他上任以后，最大的创新措施就是让每个新进犯人都拿到一本《圣经·新约》。

医务室的伤患比史特马在位时少多了，也不再出现月夜埋尸的情况，但这并不表示诺顿不相信惩罚的效力。禁闭室总是生意兴隆，不少人掉了牙，不是因为挨打，而是因为狱方只准他们吃面包和喝水，导致营养不良。

瑞德认为在他所见过的典狱长中，诺顿是最下流的伪君子。狱中的非法勾当一直生意兴隆，而诺顿更是花招百出。诺顿让囚犯到监狱外面伐木、修桥筑堤、建造贮藏马铃薯的地窖，称之为“外役监”，也因此，诺顿应邀到新英格兰的每个扶轮社和同济会去演讲，尤其当他本人的照片登上《新闻周刊》之后，诺顿更成为炙手可热的人物。

于是，从伐木、挖水沟到铺设地下电缆管道，都可以看见诺顿在其中捞油水，中饱私囊。无论是人员、物料，还是任何你想得到的项目，都有上百种方法可以从中揩油。由于监狱囚犯是廉价奴工，外界的建筑业根本没有办法和他们竞争，他们全都怕极了诺顿的“外役监”计划。

钱就这么滚滚而来！这期间，安迪是诺顿的左右手和沉默的合伙人，而监狱图书馆就仿佛成了押在诺顿手中的人质，诺顿充分利用了这点便利。安迪说，诺顿最喜欢的格言就是：用一只手洗净另外一只手的罪孽。于是，安迪提供给诺顿各种有用的建议。钱越滚越多，图书馆也添购了新的汽车修理手册、百科全书，以及准备升学考试的参考书，当然还有更多加德纳和拉摩尔的小说。

直到汤米的到来，安迪这种平静日子突然被打破。汤米在1962年11月进入肖申克监狱。他自称是麻省人，但并不以此为荣。他是个职业小偷。在过去27年的生命中，几乎坐遍了新英格兰地区的所有监狱。他已经结婚，太太每周来探监一次。她认为如果汤米能够完成高中学业，情况也许会逐渐好转，她和3岁的儿子自然也会受益，因此，她说服汤米继续进修，于是，汤米便开始定期造访监狱图书馆。

对安迪而言，引导狱中的囚犯读书已经成为例行公事，他协助汤米重修高中的科目，并通过同等学力考试，同时，他也指导汤米如何利用函授课程，把以前不及格或没有修过的科目修完。汤米可能不是安迪教过的学生中最优秀的一个，但他非常喜欢安迪。有几次谈话时，他问安迪：“像你这么聪明的人怎么会沦落到这种地方？”这话显得唐突。安迪不会回答这种问题，总是微笑着岔开话题。

汤米自然去请教别人，最后，他终于弄清楚了安迪入狱的来龙去脉，他自己也极为震惊，连手头工作都出了差错，被罚禁闭。1963年2月，被放出禁闭室以后，汤米又去问了六七个老犯人，听到的故事都差不多。

有一天，他去图书馆对安迪说了一大堆自己的疑惑。这是安迪自从托瑞德买到丽塔·海华丝的海报以后，第一次也是最后一次失去镇定，而且这一次，他几乎彻底失控。

事情是这样的，四年前，汤米在罗德岛被捕，在他入狱将近一年时，他的室友出狱了，换成另一个囚犯和他同住，名叫艾乌·布拉契。布拉契是因为持械闯入民宅偷窃，而被判六至十二年徒刑。他很聒噪，每晚都跟汤米讲起他曾经的“辉煌”事迹。他还告诉汤米，有个家伙正因为他杀了两个人而成了替罪羊，在缅因州服刑。他杀的是这个笨蛋的太太和她的情夫。被杀的情夫叫格林·昆丁，是个讨厌鬼，有钱的讨厌鬼，职业是高尔夫球选手。

于是安迪在那个凄风苦雨的夜晚去见诺顿，那天云层很低，抬头只能看到灰蒙蒙的天。

典狱长诺顿听到这件事后，不发一言。过了好一阵，他反问安迪，你居然会相信这个故事？

十三年前那个在屋顶上毫无惧色地对抗狱警哈力的安

迪·杜佛兰，此刻面对这个反问，竟然开始语无伦次起来。见此，诺顿更坚定地说："我看你也是受到选择性认知的影响。"说完后他干笑两声。

"高尔夫球俱乐部也会有旧出勤记录，你没想到吗？"安迪喊道。"他们一定还保留了报税单、失业救济金申请表等各种档案，上面都会有他的名字。这件事才发生了不过十五年，他们一定还记得他！他们会记得布拉契的。汤米可以做证布拉契说过这些话，而乡村俱乐部的经理也可以出面做证布拉契确实在那儿工作过。我可以要求重新开庭！我可以——"

"警卫！警卫！把这个人拉出去！"

"你到底是怎么回事？"安迪说，他几乎在尖叫了，"这是我的人生、我出去的机会，你看不出来吗？你不会打个长途电话过去查问，至少查证一下汤米的说法吗？我会付电话费的，我会——"

这时响起一阵杂乱的脚步声，守卫进来将他拖了出去。

"单独关禁闭，"诺顿说，"只给水和面包。"

完全失控的安迪被拖进了禁闭室，他一路喊着："这是我的人生、我的人生，你不懂吗？我的人生——"

安迪在禁闭室关了二十天，这是他第二次被关禁闭，也是他进入肖申克监狱以来，第一次被诺顿在记录簿上狠狠记上一笔。

缅因州的禁闭室是18世纪拓荒时代的产物。关禁闭的时候，人得走下二十三级楼梯才会到禁闭室。那里唯一的声音是滴滴答答的水声，唯一的灯光来自一些摇摇欲坠的六十瓦灯泡发出的微光。地窖呈桶状，就好像有钱人有时藏在画像后面的保险柜一样，圆形的出入口也像保险柜，是可以开关的实心门，而不是栅栏。禁闭室的通风口在上面，但没有任何光亮会从上面透进来，只靠一个小灯泡照明。

墙边有张床，还有个尿罐，但没有马桶座。打发时间的方法只有三种：坐着、拉撒和睡觉。要在那里度过二十天，会让人感觉像是度过漫长的好多年。

在遇到汤米之前，安迪心里至少是平静的，他活在自己的世界里，期待假释那天早日到来。当汤米说出真相后，一石激起千层浪，似乎希望离安迪很近很近。然而，在被只顾一己私利的典狱长诺顿关了禁闭之后，安迪彻底失控了。

Day 6.

没有人会真正阻拦你，除了你自己

安迪第二次从禁闭室出来后，他再度求见典狱长，但遭到拒绝。他变了。1963年，当春回大地的时候，安迪脸上出现了皱纹，头上长出灰发，嘴角惯有的微笑也不见了，目光茫然一片。

诺顿终于在6月底同意见安迪，但他坚决不同意帮助安迪获得自由，他还把汤米转到凯西门监狱服刑。安迪有很长一段日子都陷入沉默。

“以前你老是以为你比别人优秀，我很善于从别人脸上看出这样的神情，从第一天走进图书馆的时候，我就注意到你脸上的优越感。现在，这种表情不见了，我觉得这样很好。”

“好，但我们之间的所有活动到此为止，诺顿。所有的投资咨询、免税指导都到此为止，你去找其他囚犯教你怎么申报所得税吧！”

诺顿的脸先是变得如砖块一般红……然后颜色全部褪去。他威胁安迪，将把图书馆关门大吉，并不再让他享受单人房间的待遇，也不再保护他不受男同性恋的侵犯。时间日复一日过去——这是大自然最古老的手段，或许也是唯一的魔法，安迪变了，他变得更冷酷。但他继续掩护诺顿做脏事，也继续管理图书馆，所以从外表看来，一切如常。

在这四年中，虽然安迪并没有完全变得像其他人一样，但的确变得更加沉默，常常若有所思。又怎能怪他呢？不过总算称了诺顿的心……至少有一阵子如此。他的沉郁到了1967年职业棒球世界大赛时改变了。那是梦幻的一年，波士顿红袜队赢得胜利的一刹那，整个监狱为之沸腾。安迪似乎感染了这种振奋的气氛。

10月底一个高爽明亮的秋日，是棒球赛结束后两周，运动场上挤满了人。安迪靠墙蹲着，手上把玩着两块石头，他的脸朝着阳光。在这种季节，这天的阳光算是出奇的暖和。他找瑞德聊天，告诉瑞德，他出去后，一定要去一个一年到头都有阳光的地方。他说话那种泰然自若的神情，仿佛他还有一个月便要出去似的。他说他要去墨西哥的芝华塔内欧，那是一个距太平洋边的阿卡波哥约一百英里（约161千米）的小镇，人们说太平洋是没有记忆的，所以他要到那儿去度过他的余生，要在那里经营一家小旅馆。并且说他已经做好了充分的准备。在外面的世界里有一个人，从来没有人亲眼见过他，但是他有一张社会保险卡和缅因州的驾照，还有出生证明。他叫彼得·斯蒂芬，这个人是未来的安迪。

他还告诉瑞德，斯卡伯勒的巴克斯登镇有一片很大的牧草地。牧草地北边有一面石墙，石墙底部有一块石头，那块石头和缅因州的牧草地一点关系也没有，那是一块火山岩玻璃。

在1947年前，那块玻璃一直都放在他办公桌上当镇纸。他的朋友吉米把它放在石墙下，下面藏了一把钥匙，那把钥匙能开启卡斯柯银行波特兰分行的一个保险柜。保险柜是用彼得·斯蒂芬的名字租的，吉米的律师每年送一张支票给波特兰的银行付租金。彼得·斯蒂芬就在那个盒子里，等着出来，他的出生证、社会保险卡和驾照都在那里，这张驾照已有六年没换了，因为吉米死了六年，不过只要花五块钱，就可以重新换发，他的股票也在那儿，还有免税的市府公债和每张价值一万元的债券，一共十八张。

安迪希望瑞德一起去，瑞德坦露心扉，他无法适应外面的世界，已经变成所谓体制化的人了。在这儿，他可以替别人弄到东西，但出去以后，不知道要如何开始。安迪鼓励他，一纸文凭不见得就可以造就一个人，如同牢狱生涯也不见得会打垮一个人，让他考虑考虑。就在这时，哨声响起，安迪走开了，仿佛刚才不过是个自由人在向另一个自由人提供工作机会，在那一刻，瑞德也有种自由的感觉。

自从那天安迪谈到墨西哥和“彼得·斯蒂芬”以后，瑞德开始相信安迪有逃亡的念头。但安迪不是普通囚犯，诺顿紧紧盯着他，安迪知道这点，狱卒也都知道这点。

1975年，安迪从肖申克逃走了，他一直都没被逮到，瑞德相信他永远也不会被逮到。因为，他明白“安迪”早已不在这个世上了，而1976年这一年，在墨西哥的芝华塔内欧，有一个叫彼得·斯蒂芬的人正在经营一家小旅馆。

发现这件事的那天，诺顿暴跳如雷。到了那天下午三点，安迪仍然在失踪名单上。过了几小时后，诺顿自己冲入第五区牢房。他走进安迪的囚房，到处查看。他的目光落在琳达·朗斯黛的海报上。几秒钟后，诺顿一把撕下海报来。海报后面的水泥墙上出现了一个洞。诺顿找到一个值夜班的瘦小警卫来钻进海报后面的洞里，他的名字叫洛睿·崔门。他平常并不是个聪明人，或许他以为将因此获得铜星勋章。

崔门在通道末端发现一个主排水管，那是通往第五区牢房十四个马桶的污水管，是三十三年前装置的瓷管，已经被打破了，崔门在管子的锯齿状缺口旁发现了安迪的石锤。安迪终于自由了，他比谁都清楚，这自由得来不易。

安迪是从那根管子逃出去的。他们在污水管尽头找到一些泥脚印，泥脚印一路指向监狱排放污水的溪流，搜索小组在距离那里两英里（约3.2千米）外的地方找到了安迪的囚衣。安迪从污水管爬出来后，就像一缕青烟似的失去了踪影。

那个值得纪念的日子，过了三个月后，诺顿典狱长辞职了。他像只斗败的公鸡，走起路来一点劲也没有。他垂头丧气地离开了肖申克，就像个有气无力的、到医务室讨药吃的老囚犯。

1975年夏末，瑞德收到了从得州一个名叫麦克纳里的小镇寄来的明信片。麦克纳里就位于美墨边境。卡片背后写信息的地方是一片空白，但瑞德一看就明白了，打心里知道那是谁寄来的。安迪就从麦克纳里越过边境。得州的麦克纳里。

在瑞德看来，安迪代表了他内心深处、监狱永远也封锁不住的那个部分——瑞德自己穿着廉价西装、带着二十块钱走出监狱大门时，会感到欢欣鼓舞的那个部分。监狱里有不少人像瑞德一样，都折服于安迪惊人的毅力和不为黑暗低头的信念。大家都高兴他离开了，但也有点难过。

经过三十八年一次次的听证会和一次次驳回，瑞德的假释申请终于获准了。假释委员替瑞德在南波特兰一家超级市场找了个“仓库助理”的差事——也就是说，他将成为年纪很大的跑腿伙计。他在那里工作了一个多月。

瑞德一时间很难适应这一切，但安迪追求自由的那种努力激励着瑞德，支撑着他适应外面的世界。瑞德于是在休假时，搭便车来到巴克斯登小镇，那是1977年4月初的事了。每次去的时候，瑞德口袋中都带着一个罗盘。

在4月23日，瑞德终于看见那块大石头了。一点也不错，乌黑的玻璃光亮得像缎子一样，是不该出现在缅因州牧草地的石头，瑞德呆呆地看了很久，有种想哭的感觉。石头下面赫然放着一个信封，信封很小心地包在透明的塑胶袋中，以避免弄湿。上面写着瑞德的名字，是安迪整齐的字迹。瑞德拿起信封，把石头放回安迪和他已过世的朋友原先放置的地方。

亲爱的瑞德：

如果你看到这封信，那表示你也出来了。不管你是怎么出来的，总之是出来了。如果你已经找到这里，你或许愿意往前再多走一点路，我想你一定还记得那个小镇的名字吧？我需要一个好帮手，帮我把业务推上轨道。

为我喝一杯，同时好好考虑一下。我会一直留意你的情况。记住，“希望”是个好东西，也许是世间最好的东西，好东西永远不会消逝的。我希望这封信会找到你，而且找到你的时候，你过得很好。

你的朋友

彼得·斯蒂芬

看完信后，瑞德抱头痛哭起来，信封里还附了二十张新的五十元钞票。

芝华塔内欧，这名字太美了，令人忘不了。瑞德决定跨越美墨边界去寻找安迪。他兴奋莫名，唯有自由人，才能感受到这种兴奋，一个自由人步上漫长的旅程，奔向不确定的未来。

Day 7.

活得高级的人，都有一种这样的精神气质

斯蒂芬·金，现代惊悚小说大师，自20世纪80年代以来，其作品是美国畅销书排行榜上的常客，有超过一百部影视作品取材自他的小说，其中最著名的当数《肖申克的救赎》。

1954年，7岁的斯蒂芬·金病休在家，尝试着写了一个4页长的魔法动物故事，获得母亲奖励，他觉得人生自此开启了一扇大门。但自从他发现自己爱上写作之后，斯蒂芬·金始终伴随着焦虑。他一生的最爱是恐怖。14岁那年，斯蒂芬·金把恐怖片《陷阱与钟摆》改写成小说自编自印，带到学校兜售，一个上午竟卖了36本。那年暑假，他又自编自印了《外星人入侵》，再次大卖一场。两次热卖尽管彻底激发了他的创作欲望，但他也受到校长的批评。那段时间，校长的话终日在他耳旁回响："你为何要浪费时间，写这些垃圾作品呢？"

成年后，斯蒂芬·金跟所有人一样，被生活压得喘不过气，看不到任何改变的曙光。1982年，斯蒂芬·金已经接连写出《撒冷地》《闪灵》《守夜》等叫座的小说，又出版了《肖申克的救赎》。这本书颇出乎读者和出版界的意料，是由四个中篇小说组成，前三个与恐怖几乎沾不上边，最后一篇虽有些

惊悚色彩，但与之前的小说相比，也是小巫见大巫了。

《肖申克的救赎》是这本书的首篇，具有强烈的励志色彩。关于《肖申克的救赎》等小说，斯蒂芬·金创作的主要思路是这样的，他说："我想要将一群人物（也许是两个人，也许只有一个）放到某种困境中，然后观察他们如何竭尽全力脱身。"

斯蒂芬·金后来透露，他花在这本书上的精神比任何一本书都多。这说明他很想有所突破，在被人们定性为惊悚大师之后，他竭力尝试不恐怖的小说。这种尝试多少带着冒险精神，但功夫不负有心人，时间是最好的证明。

有些鸟注定是不会被关在笼子里的，因为它们的每一片羽毛都闪耀着自由的光辉。安迪就是这样的鸟。作家斯蒂芬·金也是这样的鸟。在本书中你会发现，斯蒂芬·金对安迪这一人物特别偏爱，当安迪越狱后，他的另一身份是彼得·斯蒂芬，正如同作者自己越过了世界藩篱，自由地生活在理想之地。

但无论是在监狱里发生的争斗和黑暗，还是更多的不光彩的事情，都阻挡不了生活里人性中真正闪闪发光的东西——希望。

这本小说和同名电影中，涉及许多重要的命题——

关于生存能力

一个人一定要有一项过硬的本事或能力，让自己在逆境中也可以为人所用。因为能被人所用也就意味着有存在的价值，而这有时可以在生死攸关时保护自己意外脱险。所以，一定要打造自己的核心竞争力，这才是保命的根本。

关于善良

一个人一定要有发自内心的善良。善良不是一种本能，而是一种选择。一个善良的人可能会被欺侮，但你的善良总会打动某些人的心，哪怕是犯过罪的囚犯。

关于精神追求

一个人绝对要有自己的兴趣爱好和精神追求，平时可能不显山不露水，看不出有什么，但在关键时候，却可以支撑你熬过所有的难关。

关于书籍和音乐

即便是一字不识的人，即便在难见天日的监狱，精神上的滋养和愉悦依旧不可缺少。书籍和音乐带给人的，永远超出想象。在绝境中生存下来的人，心中必怀一丝美好。

关于习惯的羁绊

习惯是一种可怕的力量，一只看不见的命运之手。哪怕一个你极度厌恶抗拒的地方，待久了，也可能成为你生活的摇篮。如果你有梦想，知道自己真正想要的生活是怎样的，就会凭着一股意志和信念帮助自己摆脱习惯的羁绊，而不是被这无形之手扼杀。

关于朋友

真正的朋友是在患难之中敢于对你交心、投以关注的人。不必多，有一个足矣。千万别被一种交易蒙蔽，有的人只是利用你的能力去实现他的目的，他们需要你，你也需要他们，你们之间只是一种交易，并不是肝胆相照的朋友。谁是你真正的朋友，必须拎得清。

关于救赎

如果世界冤枉了你，如果世界薄待了你，如果可以以德报怨，你更可以自我救赎，设法给自己一条生路。如果恶行不能被改变，你可以卧薪尝胆，有力反击。哪怕付出生命的代价。

关于希望

希望是个好东西，也许是世间最好的东西，好东西永远不会消逝。在大风中紧紧抓住你的帽子，紧紧抓住你的希望，别忘了给你的钟上发条。明天会是全新的一天。

《人世间》

50年中国百姓生活史

梁晓声

《人世间》以20世纪70年代到21世纪初的北方某省会城市为背景，以平头百姓周秉昆的生活轨迹为线索，描写了改革开放以来中国社会的巨大变迁。《人世间》堪称“50年中国百姓生活史”，它立足底层，满怀深情地将具有代表性的十几位平民子弟的跌宕一生，嵌入了中国社会近50年来的重大社会发展中。

在这些青年的经历中，既有通过读书实现阶级飞跃的辉煌时刻，也有拼尽全力却逃不过平庸一生的落寞遭遇。在所有选择的背后，饱含了底层人民的辛酸和无奈；在所有的结局面前，也倾注了梁晓声对底层百姓的关怀。

Day 1.

“50年中国百姓生活史”

《人世间》中的人物，亦是人世间中的我们。正如梁晓声自己所说：“当我的命运和这些人同命运的时候，我要写这些人；当我的命运已经超高于这些人，已经从贫苦的层面上升起来的时候，我更有义务这样做。这才是写作与我们热爱写作、热爱文学、热爱文化的这些人之间的关系。”

“于人间烟火处，彰显道义和担当；在悲欢离合中，抒写情怀和热望。”梁晓声之所以能写出《人世间》这般饱含人间情怀的作品，与他的童年经历有关。心理学家弗洛伊德曾说：“所谓童年期的回忆，实际上已经不是真正的回忆痕迹，它是‘后来润饰了的产品’，这种润饰承受多种日后发展的心智力量的影响。”

对普通人来说，童年的生活经历对个性和思维方式的发展起到了决定性的作用；而对作家来说，童年的体验则成了他们观察社会、记录生活的起点。梁晓声小时候经历过家庭的困顿，所以天生对底层人民有着一种悲悯之情。他说：“我的童年和少年，教我较早地懂得了许多别的孩子尚不太懂的东西。即对一切被穷困所纠缠的人们的同情，而不是歧视他们。”基于此，梁晓声笔下的《人世间》才会如此真实。

在梁晓声创造的小说世界中，我们既可以看到他童年时代的痕迹，又能跟随情节的推动，回望中国社会的发展进程。毛姆曾说："一个小说家只有把自己早年就已经有所接触的人物作为原型时，才能创造出杰出的人物形象。"

梁晓声在创作《人世间》中的周父、周母时，就受到了父亲和母亲的启发。梁晓声的父亲是新中国第一代建筑工人，常年离家在外，将生活的重担全都压在了梁晓声母亲的身上。梁母从不怨天尤人，即便是家里穷到没钱吃饭，也很乐观，从不牢骚满腹。

在梁晓声的印象中，母亲是一个善良朴实的人。在那个并不富裕的年代里，梁母对待任何人都毫不吝啬。也正是因为这样，她在生活上遇到麻烦时，也得到街坊邻里的帮助。

《人世间》中，周母的身上就有梁晓声母亲的影子。她们一样的通情达理、勤劳热心；一样的任劳任怨、乐观豁达；一样的成了孩子们的强大支柱。相比母亲在梁晓声记忆中留下的温暖和鼓励，梁父的缺席与严厉，则给梁晓声留下了挥之不去的惧怕感和陌生感。

梁晓声说："小时候，父亲在我心目中，是严厉的一家之主，绝对权威，靠出卖体力供我吃穿的人，恩人，令我惧怕的人。"之所以会有这样的感触，是因为小时候，梁晓声曾因新衣服被其他小朋友划破，而遭到父亲不由分说的巴掌。那一巴掌不仅给梁晓声的心理造成了伤害，也让他落下了口吃的毛病。后来，虽然梁晓声在哥哥的鼓励下，矫正了口吃，但父亲的严厉扎根在了他的心里。

所以我们在读到周秉昆和周父之间的相处时，才会感受到存在于父子俩之间厚重的压迫感。但周秉昆的父亲还是和作者的父亲不同，他对儿女更温和，也更慈爱。他的塑造，更像是作者对童年缺失父爱的一种心灵上的补偿。在《人世间》中，梁晓声想借由人物呈现的更多的是来自人性中的“真善美”。

主人公周秉昆出生在北方某省会城市共乐区的光字片，父亲是建筑工人，身在大西北；母亲是家庭主妇，一个人照顾三个孩子的吃喝拉撒。随着“上山下乡”的号召，周秉昆的哥哥姐姐相继离开了光字片，四十几平方米的房子里，只剩下周秉昆和周母相依为命。

周母说：“周秉昆从小就缺心眼儿，一根筋，完全不懂人情世故，哪方面都不如周秉义和周蓉。”所以，“上山下乡”时，周母才留下了周秉昆，送走了周蓉和周秉义。周母本以为，只要把周秉昆放在自己的眼皮子底下，他就不会吃亏，人生也不会有太多的波折，却不料想，在时代的巨大变迁下，周秉昆的遭遇可谓是波谲云诡。

Day 2.

选择朋友，也是选择命运

1972年冬季里的一天，周秉昆连同木材加工厂的十几个小年轻，被厂里的小卡车送到“枪决犯人”的现场，去协助公安维持秩序。周秉昆胆子小，和被枪决的涂志强又是发小，见不得这血腥的场面。可厂长却不留余地，固执地告诉周秉昆：“反正谁不去都行，你是必须去的。因为你俩是朋友。”

所谓“近朱者赤，近墨者黑”，厂里担心周秉昆会效仿涂志强做糊涂事，才一定要让他去现场接受“特殊教育”。更何况，周秉昆和涂志强不光是朋友，在木材加工厂，还是同时干活儿、同时休息的对子。

周秉昆还未到现场，就被脑补出的脑浆迸裂吓吐了。他强忍着胃部的泛酸，以为只要熬过了这场枪决，自己和涂志强的发小缘分就会彻底画上休止符；不料，他与涂志强的缘分才刚刚开始。

自从涂志强被枪决后没多久，周秉昆就提出了辞职。辞职后的周秉昆为了能尽快找到一份新的工作，便硬着头皮去拖拉机制造厂找了蔡晓光。蔡晓光是周秉昆姐姐周蓉的追求者，目前在拖拉机制造厂的办公室做副主任。以蔡晓光目前的职位，即便想帮也是心有余而力不足。几番思量之下，蔡晓光不忍看到周秉昆失落，便把他安排进了松花江酱油厂。

酱油厂也是国企，福利不错，每个月都能领到免费的酱油。凭借蔡晓光与酱油厂一把手的关系，周秉昆本会被安排到干净、活轻的味精车间工作，却被厂革委会副主任曲秀贞以年轻人需要锻炼为由，做了出渣车间的一名出渣工。出渣是要靠力气才能干得了的累活。一个班六个人，三人一组轮番干。周秉昆虽然吃不了这份苦，却也只能硬着头皮撑住。毕竟是自己选择的路，怨不得任何人。

自从周秉昆来到酱油厂，他就累得再也没有想起过涂志强。如果不是“棉猴”和瘸子的出现，周秉昆大概都会忘记自己的生命中曾出现过涂志强这样一个人。

某天下班后，周秉昆出厂门没多远，就遇见了两个陌生男人。这两个陌生男人看上去二十七八岁的样子，一个穿着“棉猴”大衣，一个面容清秀却瘸着腿。

“秉昆啊，你知道涂志强有妻子、儿子和老岳母吗？他妻子是下乡对象，东躲西藏地没下乡，也找不到工作，全家只靠老岳母卖冰棍的收入，根本活不下去。所以我希望你能帮我们去给他妻子家送钱。”

“秉昆啊？”周秉昆承认，从瘸子嘴里说出这三个字，像有一种特殊的魔力，瞬间拉近了他与瘸子的距离。周秉昆本来就喜欢乐于助人，再加上这三个字带来的亲切感，他便答应了瘸子的请求，每个月到这儿取四十元钱，给涂志强的妻子送去。

周秉昆以前并不相信缘分，但自从遇见了郑娟，他便信了。郑娟是涂志强的妻子，有张“蛾眉凤目”的脸，像极了《红楼梦》中的女子，目光里满是恓惶，让男人心生怜爱。周秉昆这个不速之客第一次来到郑娟家时，她正坐在炕上用竹签子穿山楂。

得知周秉昆的来意后，郑娟表现得很激动，她咄咄逼人地怒吼道：“你告诉他们，我不需要他们的可怜！涂志强如果不是跟他们搞到了一起，也不至于犯下死罪。带上那钱，别弄脏了我家的炕，快走吧！”

周秉昆听得目瞪口呆，一时竟也不知道该说什么好，猛地站起身，抓着钱便撞门而去。郑母见状，哭着追了出去。比起郑娟的冲动，郑母更理智，因为她知道，仅凭自己卖冰棍的钱，根本养活不了这个家。周秉昆是个善良的好人，他本就没打算放任郑娟一家不管。于是他便承诺郑母，每周六都会过来送钱。

回家的路上，肖国庆和孙赶超在背后叫住了他。肖国庆和孙赶超都是木材加工厂的出料工，以前和周秉昆是同事时，关系说不上好，也说不上坏。后来，得知周秉昆攀了关系，调去了酱油厂，心里便多了一丝苦闷和不平衡之感。但当他们得知周秉昆被调到酱油厂后依然是苦力工时，便将之前的羡慕嫉妒恨化作了愉悦。孙赶超难掩笑意，肖国庆则故作凝重地安慰道："好秉昆，别难过。像咱们这些货，有时得认命，不认命就是自寻烦恼！"这一句"认命"，道尽了平民百姓的无奈，也拉近了周秉昆和肖国庆、孙赶超的距离。从此，他们便成了朋友。

既然是朋友，逢年过节就该多走动。1973年的大年初三，一群朋友便聚到了周秉昆家。在这群朋友中，除了肖国庆和孙赶超以外，还有周秉昆酱油厂的两个工友曹德宝和吕川。周母虽然喜欢热闹，却也不想让孩子们拘束，便在邻居乔春燕的大包大揽下，卸下围裙，出门去了乔家吃晚饭。

乔春燕一直喜欢周秉昆，虽说是"女追男隔层纱"，但周秉昆却像是未开化的石头，任凭乔春燕怎么劈也劈不开。喜欢一个人时，眼睛是藏不住的。就像肖国庆对吴倩那样，虽然他嘴上说吴倩是表妹，心里却早就把她当成了爱人。可在周秉昆的眼里，乔春燕却始终找不出他对自己的喜欢。反倒是和曹德宝学拉大提琴时，乔春燕嗅到了空气中暧昧的味道。

于是，在那一晚，乔春燕便借着酒劲，让曹德宝钻进了自己的被窝。既然有了肌肤之亲，曹德宝就要负责到底。在周秉昆等人的敦促下，曹德宝便趁春节假期与乔春燕领了结婚证。周母见乔春燕嫁给了曹德宝，高兴之余又多了一丝失落，因为周秉昆还没有娶妻。所谓"男大当婚，女大当嫁"，虽然周母不满意周蓉为了北京诗人冯化成而奔赴贵州支教，却也还是为女儿有了归宿而感到高兴。

大儿子周秉义在这方面，就更不用操心了。他和副省长的女儿郝冬梅从初中时就好上了。可周秉昆就不一样了，他就像个孩子，完全不懂男女之事。那时的周母并不知道，周秉昆并非不开窍，他只是没有遇到喜欢的人罢了。

1973年底，郑娟临盆。那天，周秉昆特意请了假去医院扮演孩子的父亲。

瘸子说："郑娟这辈子就已经够苦了，他孩子的父亲一定要是个好人。"显然，周秉昆就是这个好人。周秉昆没有拒绝做孩子名义上的父亲，将婴儿抱在怀里时，他甚至有了想娶郑娟的冲动。但一想到父母不会接受一个寡妇，便又退缩了。当得知郑娟是弃婴，孩子是被"棉猴"奸污所生时，在爱意的基础上，他又对郑娟生出了一丝怜悯。

1974年春节，周秉义带着新媳妇郝冬梅回家过年。趁着周父、周秉义都在，周秉昆决定试探一下父母的口风。没想到，周父听完郑娟的情况后，就一个巴掌扇在了周秉昆的脸上。用周父的话说："有正经小伙子和寡妇搞对象的吗？谁给你牵线搭桥的，谁就是没安好心！"周秉昆心下一沉，不敢再提。

Day 3.

心怀善意的人，终将被温柔接纳

周秉昆自从因为郑娟的事被周父打了个巴掌后，就一直躲着郑娟不敢去见她。他因《小快板挑战大提琴》的表演，被市革委会的宣传部调到群众文艺办公室，与“十八般武艺样样精通”的邵敬文和白笑川一起负责《红齿轮》杂志的编创。这时，周秉昆才想到了要与郑娟联系。于是托郑光明给郑娟捎去了一封信。信上只是详细汇报了自己的近况，并没有提到自己对郑娟的想念。

几天后，郑娟回信了。信很简短，亦没有提到一个“爱”字或“想”字。信中，郑娟只是叮嘱周秉昆少吸烟、少喝酒、劳逸结合、注意身体。内容中规中矩得如同老师对学生、长辈对晚辈礼节上的关爱。周秉昆读完信后，失落到了极点。郑娟不想让周秉昆陷得太深，因为她不想让周秉昆为了自己与父母产生不快。这边周秉昆与郑娟的事还一筹莫展，那边郑娟家就传来了坏消息。郑母死了。

因为她看到了“棉猴”和瘸子被抓，想到了不再有人给家里送生活费，一口气没上来，便瞪大了双眼，不能瞑目地断了气。周秉昆得知后，偷偷卖掉了周家的传家玉镯，若无其事地照常给郑娟送生活费。

1976年春节，朋友们又相聚在了周秉昆家。这一年，肖国庆和吴倩、孙赶超和爱人于虹，双双奉子成婚；曹德宝当上了酱油厂的书记，乔春燕成了宝妈，又在市里被评为标兵。

在这世上，有一种狂欢落幕后的落寞。因为相聚的人并非自己最想见的人，所以即便觥筹交错、把酒言欢，心里也是空荡荡的。他还没有想好，该如何让周家人接受郑娟。郑娟与周秉昆“地下情人”的关系，一直保持到了1976年的3月下旬。因为自那天以后，周家发生了翻天覆地的变化，成了周秉昆和郑娟关系进一步发展的助力。

3月下旬的某天晚上，与周母约定好回家探亲的周蓉，并没有信守承诺带着丈夫冯化成和女儿冯玥回周家探亲。反倒是周父班里的诗人郭诚，一手抱着冯玥，一手提着周蓉给家里带的土特产，慌慌张张地来了。周秉昆觉得蹊跷，于是，在他的再三追问下，郭诚才终于说出了实情。

原来，郭诚是与周蓉夫妇结伴归来的。路上，郭诚因悼念周恩来总理，写下了一首悼念诗。冯化成觉得诗写得不错，就在车站高声朗读了起来。没想到，郭诚的诗还未读完，车站的警察就直接把冯化成和周蓉抓走了。因为那段时间，“四人帮”横行，本着“宁可错杀一千，也不放过一个”的原则，他们给所有悼念周恩来的人都扣上了“反革命”的帽子。

郭诚一边说着，一边哭得泣不成声：“我为什么非得写这么一首破诗呢？都是这首破诗惹的祸。”

周秉昆听到这个消息后，顿时就慌了。心里藏不住事的他，一回到家就把这个消息告诉了周母。周母听后，还未来得及说什么，就直接晕了过去。慌乱间，周秉昆只能向乔春燕的母亲求助。乔春燕看着躺在炕上不省人事的周母，眼泪鼻涕一把流地说：“秉昆，我也许只能来这么一次了。我们这些人刚接到通知，如果谁与你姐、你姐夫那种事有牵扯，处理起来将比一般人重得多。”

周秉昆点点头，他明白乔春燕怕受牵连，也知道趋利避害是人的天性。可是，周秉昆需要上班赚钱，母亲和冯玥，一大一小，又能交给谁呢？

那一刻，周秉昆能想到的，只有郑娟。

“你说吧，你想让我怎么做？我该怎么帮你？”

周秉昆将眼下的困顿和盘托出后，郑娟连想都没想就答应了。第二天，郑娟带着儿子周楠和弟弟郑光明，住进了周家。郑娟刚来到光字片时，所有人都对她投来了异样的目光。那目光说不上友好，却也并不是憎恶，只是习惯性地想窥探有关郑娟的一切。但郑娟却丝毫没有被别人的目光影响，她不卑不亢的样子，更是令人对她多了一份敬重。

周秉昆因为在《红齿轮》杂志上刊登过郭诚的诗，被抓进了监狱。直到1976年10月底，“四人帮”被粉碎后，周秉昆才裹着军大衣，灰头土脸地回到了周家。回到周家后，周秉昆紧紧地和郑娟相拥在了一起。那一刻，他忘情地说：“郑娟，我一定要娶你。”

周秉昆要娶郑娟的事，没等他开口，整个光字片就帮他定下了。因为郑娟为周家所做的一切，大家都看在了眼里。只是，有了光字片街坊邻里的认可还不够。这毕竟是周家娶媳妇，要周父、周母认可才行。

周母虽是个通情达理的人，但她也是个传统的女人。对于郑娟的寡妇身份，她根本就没办法接受。所以，当苏醒后的周母听春燕妈说完她昏迷期间发生的一切后，心里便对周秉昆和郑娟的关系有了分辨。

周母板着脸告诉郑娟："我现在醒了，不需要别人照顾了。你对我家的好，我铭记在心，我家没什么值钱的东西，只有一只玉镯，如果你不嫌弃的话，就拿去吧。"

周母说罢，从柜子里找出了放玉镯的盒子，郑娟正准备打开，周秉昆就回来了。周秉昆深知盒子里已经没有玉镯了，他一边打着马虎眼让周母收起了盒子，一边将郑娟送出了门外。临走时，周秉昆告诉郑娟："你先回去，一切都交给我。"

没有父母成全的婚姻，是不会幸福的。郑娟深知这个道理，也不想周秉昆为了自己与周家决裂。只是，情不知所起，一往而深。郑娟不想离开周秉昆，但她又能怎么样呢？

Day 4.

世界不喜欢你，但你要喜欢自己

郑娟离开周家后没多久，周父就返乡了。当周父听说了郑娟和周秉昆的事后，又看到了郑娟满手的茧，便答应了周秉昆和郑娟的婚事。周秉昆感情上得意，事业上也迎来了新高峰，但没过多久，周秉昆就再次遇到了新的危机。

1978年12月18日，周秉昆刊登郭诚诗歌的事被平了反，他再次受到重用，一跃成了《大众说唱》的编辑部代理主任。这一年对周家人来说，无疑是扬眉吐气的一年。周秉昆进了事业编，周秉义和周蓉则相继成了北京大学的学生。

比起周秉昆这个代理主任的身份，周父更看重周秉义和周蓉的大学生身份。因为在周父心中，只有周家子孙全都上了大学，周家才能真正脱胎换骨。但周秉昆却不以为然，他觉得人活着，并非只有考大学这一条出路。所以，当周父告诉周秉昆，“一定要为周家再生一个儿子，并将其培养成大学生”时，周秉昆就彻底火了。

他针锋相对地回答道：“爸，你也给我听好，打小我在各个方面就不如我哥我姐，老天就是这么安排的，我认命，你也得认，但我虽然认命却没有在混日子。我能熬到今天这地步不容易。可我每个月三十几元的工资，再多一个孩子是真的养不起了，而且即便生了个儿子出来，能不能考上大学，也是他自己的造化。如果你对我失望至极，那不如我们脱离父子关系，往后我不回这个家便是了。”周秉昆说罢，转身摔门而去。

所谓“不孝有三，无后为大”，周父作为单传之子，身负周家传宗接代的重任。大儿子周秉义因为郝冬梅身体的原因，选择了不生。小儿子周秉昆要是再不生出个儿子，那周家的血脉就彻底断了。所以，他要求周秉昆生个孩子，又有什么错呢？至于考大学，周父就更是委屈了。

那个年代，大学生稀缺，大学生比没上过大学的更容易找到稳定的工作。周父只是想让自己的儿女能过得好一些。但此时的周秉昆，只是一味地认为周父偏心，并不理解他真正的苦心。所以，与周父闹翻后，他很久都没有回过周家，直到郑娟为周家生下了周聪，周秉昆和周父的关系才有所缓和。

时间来到了1986年5月25日，周父66岁的生日。下午3点左右，蔡晓光开着一辆载满黄泥、沙子和水泥的中型卡车，停在了周家老宅的门前。此时的蔡晓光已38岁，不光成了市话剧团的导演，还如愿以偿地成了周蓉的丈夫。由于冯化成的多次出轨，爱情至上的周蓉得到的却是飞蛾扑火的苦果。那一刻，她才知道原来多年前的为爱出走，不过是一个笑话。周蓉平静地对冯化成说：“我们离婚吧！”从此，两个人天各一方，除了女儿冯玥，不再有任何关联。

周蓉一直都是个爱憎分明的人，爱的时候，愿意付出一切；不爱的时候，则走得潇洒。告别了冯化成，周蓉没多久便沦陷在了蔡晓光热烈的追求中。周母本来就认定了蔡晓光这个女婿，周父见女儿又重新有了归宿，虽有不满，却也没有再多说什么。于是，蔡晓光守得云开见月明，与周蓉修成了正果。

生日那天，看到蔡晓光带着修葺老宅的原材料而来，周父非常惊喜，也由衷感恩周蓉的贴心，因为他早就想重新修理周家老宅了。只是周父没想到的是，东西虽然是蔡晓光送来的，但这并不是周蓉的想法，而是周秉昆出的主意。

都说“受气的儿女，往往更清楚父母的喜怒哀乐”，因为他们吃过父母的巴掌，最知道父母喜欢什么、讨厌什么。周蓉一直是周父心里宠爱的女儿，但不比周秉昆从小挨打到大，自然也不如周秉昆了解周父想要什么。

其实，周父并不是不爱周秉昆。相反，三个孩子中，他最担心的就是周秉昆。临终前，周父还不忘嘱咐周秉昆要培养孩子们考上大学，他说：“秉昆啊，当光字片的老百姓太懊糟了，哪一户下一代的子女，要是结了婚有了孩子，还得与爸爸妈妈挤住在光字片的小土屋里，那日子就没法过了。咱们老百姓家的儿女，除了上大学没别的出路。比如，你哥你姐要是都没上过大学，工作不好，没住的地方，那还真是没有盼头了。”周父说完这番话后不久，就闭上眼睛长眠了。

那一刻，周秉昆想到了自己花1600元被骗买房的经历、肖国庆和孙赶超失业后无事可干的窘迫、自己因为没有大学文凭只能是个代理主任的无奈、乔春燕每天为了保工作的焦虑，终于知道了周父的良苦用心。周父去世后，周秉昆带着周母、郑娟及孩子们又搬回了光字片的老宅。

自从郑娟生下周聪后，身材圆润了不少，周秉昆安慰她："你是为我们周家胖的，胖是你的光荣。"郑娟不以为然，但身材走样确实改变了她在周母眼中的形象。因为周母精神错乱，本就记不得人，郑娟身材上的改变，更使她彻底忘记了之前的寡妇郑娟。所以，婆媳之间的关系，也融洽了不少。

郑娟主内，周秉昆主外。原以为周秉昆成了《大众说唱》编辑部的代理主任后，加上演出公司走穴赚的钱，能让全家人的生活过得舒坦些，不料，随着流行歌曲的冲击，原来唱京剧、评剧、歌剧的人都放弃了自己的专长，改唱了流行歌曲。《大众说唱》杂志受到冲击后没过多久，就办不下去了。停刊后，《大众说唱》的社长用社里的流动资金开了一家高级饭店"和顺楼"。

出于对周秉昆的信任，社长让周秉昆担任了饭店的副经理。饭店的生意很红火，来吃饭的基本上都是一些领导干部，周秉昆每天忙得不可开交。然而突然有一天，一个人的出现使得周秉昆前途尽毁。

Day 5.

走好选择的路，才能拥有真正的自己

“和顺楼”自从开业以来，生意就一直不错。1987年的A市，工人们流行着一种说法——“不怕干部又请客，就怕干部不动窝”。工人们盼着干部们多请客、多陪客户吃饭，为单位喝出一条生路来。因为单位的不景气，已经造成了很多人的失业。有些人即便没有失业，也每天处于担心业绩指标的水深火热之中。

乔春燕所在的洗浴中心就是如此。自从把大众澡堂改成洗浴中心后，乔春燕这个经理，就没睡过一宿好觉。领导天天喊着要创收，可一个澡堂子又能怎么创收呢？乔春燕招了几个按摩女，希望以此来实现创收，却不料被扣上了“低俗涉黄”的帽子。乔春燕心里憋闷，于是找到周秉昆这个干哥哭诉。

同样为钱烦恼的，还有肖国庆和孙赶超，他们比乔春燕更糟的是连个自己的房子都没有。疯涨的房租和物价，迫使本就工资不高的他们每年都要搬家，不仅居住条件越换越差，日子也过得紧紧绷绷。

在这世上，有些人、有些事，即便会令你绝望，该发生的也一定会发生。棉猴和瘸子，自从多年前被抓后，周秉昆就没再想过会再次遇见他们。直到他在书店买书时，再次遇到了瘸子，周秉昆才感受到了人与人之间缘分的奇妙。

瘸子本名水自流，此时的他早已改做了正经生意，与满嘴谎言的骆士宾，即“棉猴”也分道扬镳了。水自流说，遇到周秉昆之前，他从来都没有遇到过好人。而周秉昆的出现，更像是对他既往罪孽的救赎，引导他在人生的下半场弃恶扬善。所以，为了报恩，水自流一定会帮周秉昆的。

周秉昆很感动，可他却并不明白，水自流和自己还能有什么交集？直到水自流说出骆士宾的打算后，周秉昆才眼露凶光地吼道：“他敢那样，我杀了他！”

根据水自流的说法，骆士宾这几年事业虽然做得风生水起，却苦于生不出儿子，因而打起了周楠的主意，甚至想要连郑娟一同抢走。周秉昆深知郑娟绝不是贪财的人，即便骆士宾拥有万贯家财，郑娟也不会对骆士宾有半点心动。 但周楠是郑娟的命，如果没有了周楠，那郑娟一定会疯的。况且，出于对周秉义膝下无子的考量，周秉昆一直想等儿子周聪长大一点，过继给周秉义。如果没有了周楠，那这个想法就会落空。

回家后，周秉昆并没有告诉郑娟有关骆士宾的打算。他只是暗自留意着周楠的一举一动，不让骆士宾与周楠见面。但像骆士宾这种自私、阴险的人，确实会悄悄接近周楠。所以没多久，周楠就对自己是周秉昆儿子的这件事产生了怀疑。

周楠告诉周蓉的女儿冯玥：“没想到，我竟又多出了一个爸爸。我该怎么办？”

“别想那么多，多个爸爸爱你，不是一件很好的事吗？”冯玥一边安慰周楠，一边慢慢靠近他，然后他们便相拥在了一起。

周楠和冯玥从小一起长大，关系十分要好。碍于表兄妹的关系，他们一直克制着自己的感情。得知他们之间没有血缘关系后，两个人便不再压抑，转而坦诚面对自己的感情。只是，周楠和冯玥的爱情，注定会遇到周秉昆的阻拦，因为一旦周楠和冯玥修成正果，那就等于向全世界宣告：周秉昆并非周楠的生父。

周秉昆在郝冬梅的提示下，发现了周楠和冯玥的情意绵绵后，怒气冲冲地找到周蓉，从头到尾地把周楠和冯玥的“不正常关系”说了一遍，希望她能管管冯玥。但周蓉却显得力不从心，因为冯玥根本就不信任周蓉，所以冯玥连与周蓉交流的机会都没给，就通过冯化成的关系，以“避难者”的身份偷偷跑去了法国。

周蓉见女儿去了法国，不放心地也跟了去。那时的周蓉，并没有考虑过蔡晓光的感受，好像蔡晓光在她的生命中从来都是可有可无的。这边冯玥刚去了法国，那边骆士宾就把周楠送去了日本。

周秉昆气急败坏地冲到骆士宾家。骆士宾正站在自家二层的过道上，指挥工人们在楼梯护栏上刷漆和安装豪华吊灯。周秉昆暴跳如雷，一个箭步冲到骆士宾面前，如同狮子一般咆哮：“我儿子呢？”旋即把骆士宾压在了护栏上。

骆士宾一脸轻蔑，根本没打算告诉周秉昆实情。反倒是讽刺地说：“你必须赔我一件西服，我这可是名牌，不是你身上的便宜货。”

周秉昆急了眼，随即扼住骆士宾的喉咙，并将身体的全部重量都压在了骆士宾的身体上。没想到的是，刚刷过红漆的护栏，竟被二人身体压倒了。于是，两个人一同从二楼掉了下去，场面凄凉且悲惨。骆士宾的意外去世，让周秉昆为此吃了12年的牢饭。

Day 6.

人只有在经历过后，才明白平淡幸福的可贵

2001年7月5日，周秉昆出狱。迎接他的是周聪和蔡晓光。此时的周聪，已经是A市报社的记者，而蔡晓光则成了省戏剧家协会以及电视剧艺术家协会的副主席。这一年，周秉义已当满两届的市委书记，修桥建路、治理污染、增加就业、加强治安，政绩斐然；这一年，周蓉已经和蔡晓光分别了12年。冯玥考上了国外的大学，周蓉则为了供冯玥读书，在法国找了一份导游的工作。

一别十二年，周秉昆错过了与朋友们的相聚，错过了周母的离世，错过了周聪的长大，更错过了对郑娟的陪伴。然而，过去的已经过去，日子总还要往前看才好。新日子自然要有新气象，周秉昆决定重新修补一下周家老宅。朋友们一听说，纷纷来到周家帮忙。当肖国庆、孙赶超、曹德宝、于虹等人再次聚集在周家老宅时，周秉昆竟情不自禁地忆起了昔日里大家把酒言欢的画面。

只是那天，曹德宝的妻子乔春燕和肖国庆的妻子吴倩并没有出席。前者是因为区妇联组织“好媳妇”的评比来不了，后者则是接到了环卫部门招工的消息，一大早跑去报名了。自从

洗浴中心倒闭后，除了乔春燕被调到区里当妇联副主任以外，其他人都被迫买断工龄，自谋生路。所以，于虹和吴倩都不得不另谋他路。

曹德宝如今是业余文艺“单干户”，谁家办喜事，哪家商店饭店开张，他就会被邀请去拉拉大提琴、讲讲笑话，就能接个红包。肖国庆下岗后，整天在街头蹲活儿；孙赶超则靠刨粪赚一些散钱，三天有钱挣，五天没钱挣的，生活苦不堪言。

老友们一边干着活儿，一边给周秉昆介绍着自己的处境。周秉昆跟着他们一起唉声叹气，觉得日子是真的难。正想着，周聪带来了一个坏消息——周楠死了。周楠靠自己的能力，得到了公费去美国留学的机会。在美国做助教时，突然有个男生持枪闯入教室。为救束手无策的同学和老教授，周楠用身体挡在了他们前面，被子弹射穿了胸膛。

郑娟在周蓉等人的陪伴下，接回周楠的骨灰后，将其安置在了北普陀寺地界内，由僧人们照管。僧人们听说了周楠见义勇为的事迹后，为他举行了隆重的骨灰安放仪式。之所以会选定普陀寺，一是因为郑光明在那里剃度为僧，二是由于佛法可以助人摆脱世间疾苦。

郑娟离开普陀寺后，才终于从丧子之痛中慢慢缓了过来。周秉昆见郑娟精神有了好转，逐渐放下心，便找了一份修筑江北塌陷的体力活儿。可体力活儿终究适合年轻人干，特别是在参加完肖国庆的葬礼后，周秉昆就更加坚定了要换份工作的想法。肖国庆因为劳累过度、作息不规律，患上了尿毒症。没钱治病的他，最终选择了卧轨。

随着周秉义大刀阔斧地对光字片进行改造，测量队、施工队的人员也多了起来。人多了生意自然也就多了，周秉昆和郑娟在自家院子里开的小饭店，每天都人满为患。除了施工队的人，还有很多光字片的老邻居。他们眼看着五公里以外的虎皮冈拔地而起二十层的高楼，既期待又兴奋。他们天天跑到周秉昆家打探消息，因为周秉昆的哥哥周秉义正在负责招商引资、改善城市面貌、消除土坯房的工作。

五公里外的希望新区初具规模后，周秉义便特意在夜深人静时，出现在了周秉昆家。他简单说明来意后，直截了当地让周秉昆发挥带头作用，率先搬到新区的楼房里。那时，光字片的住户还在因为五公里外是农村而保持观望。

没有人知道新区的高楼到底好不好，直到周秉昆一家三口于2005年五一住了进去，陆陆续续地才有人跟着住了进去。周秉昆一家是一间门面房。用这间门面房，周秉昆和郑娟继续了他们的饭馆生意，日子也终于有了起色。

2011年9月的一天，周秉义因劳累过度，晕倒在了拆迁现场。医院给出的诊断是胃癌，周秉义没犹豫就接受了切胃手术。手术后，周秉义向组织提交了退休申请。2012年，身体恢复后的周秉义和郝冬梅开启了他们的环球之旅。此时的周蓉和蔡晓光也双双到了退休的年纪。蔡晓光闲不住，常常被一些大学请去做影视讲座；周蓉则接受了学校的返聘，闲余时间还会写一写小说。

2013年大年三十，除了冯玥，周家人全都齐聚在了周秉义和郝冬梅的新家。三室两厅，是组织对周秉义的奖励。冯玥之前因为插足他人婚姻，被周家人拉进了“黑名单”，虽然后面关系有所缓和，周家人有事相求，冯玥也尽心尽力地帮忙，但隔阂仍然存在，所以周家人的聚会，冯玥从不出席。

在欢声笑语中，周家人迎来了新的一年。如果故事到这里就结束了，那一切将会是最美好的样子。然而，真实的生活充满意外和遗憾。

7月中旬的一天晚上，周秉昆在睡梦中被周聪推醒后，轻手轻脚地跟着他下了楼。周聪垂头丧气，还未张口，周秉昆就已经预感到了“不好”。

“爸，朋友私下告诉我，省市纪委收到了不少揭发我大伯的信，有匿名的，也有署名的。”

“不少？是多少？”周秉昆瞪大了眼睛，腿一软坐在了楼梯上。

“雪片似的，朋友是这么告诉我的。”周聪顿了顿，继续说道，“爸，揭发我大伯的人中也有德宝叔叔。他揭发我大伯利用职权给国庆叔和赶超叔分房的事。”

“胡说！”周秉昆吼了起来，他做梦也没有想到，曹德宝和乔春燕竟然会如此污蔑朋友的哥哥。

其实，周秉义对乔家已经很照顾了，比如，他们希望“不想乘电梯，所以得住一楼”“小院要大一点”“乔春燕的二姐得单独分一套房”……乔家提出的这些要求，周秉义看在两家多年的情分上，能调配的都调配了。奈何贪心不足蛇吞象。

正所谓“身正不怕影子歪”，周秉义面对调查一点也不怕，因为他问心无愧。事实上，周秉义也确实清廉。组织上调查清楚后，周秉义就与家人们团聚了。

本以为周秉义大难不死后必有后福，却不料原胃切除后，次生胃的癌细胞扩散得更快。最终，周秉义因病去世。之后，郝冬梅嫁给了一个美国华侨。这是周秉义临终前的心愿，因为他不希望自己走后，郝冬梅没人照顾。

周蓉的小说《我们这代儿女》成了年度畅销小说，她买了一辆新车，由蔡晓光带着她去偏远农村，给留守儿童送书、上课、做心理辅导。周秉昆和郑娟荣升为爷爷奶奶后，更加珍惜晚年的生活。对他们而言，平安就是最大的幸福。

Day 7.

读懂了这本书，才读懂了人世

在《人世间》中，所有人会遇到的难题，我们也一样会遇到。而他们在面对穷困、不幸与危难时所做的选择，也给了我们很大的启发。

穷困时选择读书

无论是过去还是现在、现实还是小说，读书都是改变命运最好的方式。在《人世间》中，周父是中华人民共和国成立后第一代建筑工人，虽然光荣却也饱尝了风餐露宿的艰苦和漂泊在外的孤独。周母大字不识，与丈夫和儿女分别的日子里，连封家信自己都写不了。所以，他们夫妻俩特别希望自己的三个孩子都能好好读书。而且周父也一再强调："咱们老百姓家的儿女，除了上大学没别的出路。"

周秉昆意识到读书的好后，便也爱上了读书。因为读书，他的观点比工友们多了起来。也正是这个原因，在全市的五一会演中，周秉昆妙趣横生的表演才获得了领导和工友们的好评，而他本人也才有机会得到编辑的工作。坐在宽敞的办公室，周秉昆手握笔杆子写稿的那一刻，突然明白："一个人脚下书本的厚度，就是他人生的高度。”

不幸时选择承担

在《人世间》中，恐怕没有人比郑娟还要不幸。郑娟的一生几次受难，每一次对她心灵上的打击都是巨大且痛苦的。可每一次在不幸面前，郑娟都选择了默默承受，并试图以坚韧和宽厚，消解苦难对生命带来的压迫。因为郑娟比任何人都知道，人究竟为什么而活着，也比任何人都懂得珍惜眼前的幸福。

其实，像郑娟这种懂得自度的人，才是真正拥有大智慧的人，因为大多数遭遇不幸的人只会委身苦难，而从不想面对苦难。

正如梁晓声在《人世间》中写的那样：“一个什么都没有的人，最要有的就是自己，只要有了自己，天塌了都不怕。”

危难时选择利他

在《人世间》中，周父一直言传身教地教导儿孙要做一个善良、正直的好人。周秉义为了改造光字片贫困户的居住环境，顶着招商的压力和百姓的不理解，夜以继日地推动希望新区的建设。周蓉虽然个性上追求自由、我行我素，却也从始至终用自己的专业知识，关爱着贫困山区留守儿童的成长。

利他是一种美德，但在小说中，作者更想强调的利他，则是像周秉昆这样的，在遇到危难时，仍然重情重义的好人。在周秉昆的一生中，虽然成就没有周秉义多、过得没有周蓉滋润，却遇到了很多贵人，也解决了不少难题。而这些贵人，就是对周秉昆重情重义的回报。周秉昆的重情重义，同样影响到了周楠。在危难面前，周楠用瘦弱的身躯为同学和教授挡住了飞来的子弹。

人在遇到危难时，都会下意识地保护自己，这是人的本能。可对周秉昆、周楠这样的好人来说，危难时保护他人，牺牲自己，却是他们的本能。

《英国病人》

因理想、背叛和荣誉而痛苦的激情

[加拿大]迈克尔·翁达杰

1997年的奥斯卡颁奖礼上，有一部电影获得了十二项提名，荣膺九项大奖，包括最佳电影和最佳导演这两项重量级的奖项。这部电影便是根据翁达杰同名小说改编的《英国病人》。

《英国病人》的行文方式，像散落在沙漠里颜色各异的珠子，你需要将它们轻轻地拾起，一颗颗穿起来。可以是同一颜色的穿在一起，也可以是各色相间。你喜欢的阅读方式是什么样，你穿起的珠串就是什么样。《英国病人》的故事布局，又像是移步换景的巨幅画作。每个故事片段之间，有着峡谷、远山、大漠、暴雨等这些画面感十足的场景衔接，看似散乱，过渡却不生硬。

Day 1.

体面的婚姻与红杏出墙之间，隔着英国病人

1992年出版的《英国病人》，获得了英国布克奖。一年一度的布克奖是为奖励年度最佳英文小说设立的，是英国最具影响力的文学奖，几乎已经成了“最好看的英文小说”的代名词。

故事开始时，废弃的别墅里只住着汉娜和她唯一的病人—— 一个没有脸，全身烧得像黑炭似的“英国病人”。汉娜不知道他叫什么，他被送到战地医院时，身上的证明文件都被烧毁了。这座废弃的别墅以前是女修道院，战争时被德军占据，德军被迫撤退时，这里成了盟军的临时战地医院。

别墅大部分都被炸毁了，从外面看这里一片破败。别墅顶层在爆炸中坍塌，有些房间堆满碎石，有些房间的墙被炸没了，直接面向外面的山谷；通往三楼的楼梯都被封住了；二楼大厅的尽头有一间画满壁画的房间，英国病人就住在那里。

别墅的底层，在厨房和炸毁的教堂之间，有一间椭圆形的藏书室，里面有一架钢琴、一个熊头标本、一张沙发，以及高高的成排的书架。藏书室的墙上有炮弹轰炸后留下的大洞，月色和雨水都透过这个破洞一泻而入。这附近的书架因淋雨而变形，雨水让书的重量加倍。藏书室有扇落地窗可以通往外面的凉廊，跨下三十六级阶梯，经过小教堂，便是花园和果园。因为炮火的轰炸，它们都已满目疮痍。二楼通往底层的台阶，有两级曾被烧毁，汉娜搬来了二十本书，才将它垫平。

别墅外被炸平的果园里，汉娜种上了蔬菜，足够她和英国病人食用。她把教堂里废弃的十字架当作稻草人，立在她的菜园里，上面挂满了空的沙丁鱼罐头，起风时便会发出叮叮当当的响声。隔三岔五地，她会拿些战地医院留下来的肥皂、床单等物品，向附近镇上的人换些豆类和肉类。

废墟里，有一种与战争相违背的宁静。

你是谁？你来自哪里？你为什么被烧成这样子？

汉娜在照顾英国病人时，总是对他充满好奇。每个夜晚，在英国病人毫无睡意时，汉娜就念书给他听，念能在楼下藏书室里找到的任何一本书，但汉娜不会一页接一页地念，总是翻到哪就从哪开始。好像每一本书，他听到的情节都是断裂的，那些故事东缺一块，西缺一块，就像身处的这栋别墅，就像他自己的记忆。

有时，汉娜坐在英国病人房间的窗台上看书，一边是画着壁画的墙，一边是峡谷。有时，她会回忆和英国病人的相识。半年前，在比萨的圣基娅拉医院，身为护士的汉娜患上了战争疲劳症，每天面对那么多垂死的人，她开始不再相信任何东西，不再信仰任何东西。雪上加霜的是，这时她收到了父亲帕特拉克的死讯，她在这个世上的亲人都没有了，只剩下一位继母。

在不久之后，她遇到了英国病人，那时，他像烧熟的野兽，黑乎乎的一团。随着战争的转移，战地医院从比萨挪到了佛罗伦萨这座废弃的别墅，当医院再度转移时，汉娜拒绝前行，她把英国病人也留下了。她知道英国病人再也经不起颠簸，他的四肢受不了任何刺激。她想救他，照顾他。她脱下护士制服，转身离开了战争，她曾为了这场战争的需要前进后退。如今，她厌倦了，她不想再为那些更大的正义履行任何职责。她坚持留下来，哪怕这里随时有爆炸的危险。此时，她才20岁。

一个月后的一天夜里，汉娜正在大厅的角落里看书，一个头发灰白的男人穿过长长的大厅，来到她的身边，蹲在她面前，像一个叔叔那样。

“告诉我，扁桃体是什么？”这个男人温柔地说，“为了找到你，我经历了一场多么奇怪的旅行。”

汉娜的眼睛瞪着他，激动得有些簌簌发抖。一个她认识的男人，一路坐火车，爬了4英里（约6.4千米）的山路，然后沿着大厅，走到这里，只为来看她。

“很高兴见到你，卡拉瓦乔。”

卡拉瓦乔，汉娜父亲的好朋友，以前是个小偷，后来成了英国情报局的特工。如今，他双手缠着绷带，来到汉娜的面前。当年那个害怕摘扁桃体的女孩，已出落成大姑娘了，一张瘦削的脸，短发，看上去很平静。这片废墟，仿佛就是她自己的宇宙，也许这是她走出战争的一种方式。汉娜暗示卡拉瓦乔，如果他要留下来，就得需要更多的食物。她知道这位老朋友的特长。没想到，卡拉瓦乔的回答是："我没胆了，我被抓了，手险些被人给切了。"

英国人睡着了，手里还拿着蜡烛。汉娜不喜欢他这种好像假装死去的样子，他好像在通过模拟死亡的气息，让自己悄悄滑进死亡的怀抱。汉娜觉得有些窒息，她摸黑走到藏书室的那架钢琴前，垂着两只手臂，一只光脚踩在钢琴的踏脚上，弹了起来。

没有光，她能听到远处响起的闷雷声，要下雨了。她正陶醉在琴声里，看到两个人从落地窗那里溜了进来，把枪放在钢琴台面的边上，人就站在她面前。她没有理会，继续沉浸在琴声里。这首曲子是母亲教给她的，她正在努力回忆母亲的手，她已经离开自己很久了。

一道闪电划过峡谷，她注意到其中的一个人是锡克人，戴着包头巾。两个男人和一个女人，隔着一架钢琴，在战争接近尾声的雨夜里，共同聆听一首曲子，每当闪电划过房间，两把湿枪闪闪发亮。只要闪电在房间内亮起来，两个湿漉漉的士兵就能看见她，看见她的手在电闪雷鸣中飞舞。这个锡克人就是扫雷兵基普。

翁达杰为卡拉瓦乔和基普设计的出场，弥漫着浪漫气息。这种浪漫伴随着战争而来，又让人觉得残忍万分。也正是因为战争，四个不同国籍的人才会在这里相遇。

Day 2.

遇见爱不稀奇，稀罕的是遇到懂你的人

基普出现在别墅里，并不是被琴声吸引，而是担心演奏者面临生命危险。按照以往的经验，他害怕撤退的部队在乐器中留下笔形地雷，主人打开钢琴，手就没了。他随着琴声找到了藏书室，黑暗中，借着闪电的亮光，他看到一个女孩站在那里，仿佛在等他。他的眼睛迅速扫过房间，最后把目光落在钢琴上，节拍器在无辜地摆来摆去。没有导火索，没有危险。他站在那里，制服湿透了，他知道是虚惊一场。

基普在花园的尽头搭了一个帐篷，住了下来。他现在的工作是排除别墅周边的地雷，他的助理另有任务，派驻在其他地方。每次遇见汉娜和卡拉瓦乔，他都礼貌地点点头。基普的专业与自信，对这栋房子里的其他三人而言，都是种安慰，尤其对汉娜。每当我们身处陌生与危险的环境中，能带给我们安全感的，除了自己熟悉的人，就是能排除危险的人，哪怕是陌生人。卡拉瓦乔和基普，对于汉娜的意义就是这样。

汉娜总是偷偷地观察基普工作，有时在花园，有时在果园，他认真的样子就像一只猫。那些金属线和导火线，仿佛是某人留给他的一封可怕的信。

基普棕色的手腕上戴着一只镯子，喝茶时，镯子在手腕上滑来滑去，哐啷直响。他工作时总喜欢戴着便携式耳机听收音机，仿佛那里发出的声音对他很重要。基普镇静而沉默，他从不说自己的工作有多危险，即使他知道每次出去工作都可能有去无回，即使他知道自己只是这场战争中的一枚过河卒子。

基普是印度人，锡克族，印度国土上最骁勇善战的民族，此时的印度还是英国的殖民地。基帕尔·辛格，这是基普的真名，“辛格”在印度语中意为“雄狮”。他参军来到英国，上交第一份排雷报告时，上面沾上了一些黄油，长官嘲笑道：“这是什么？鲱鱼油吗？”鲱鱼的英语是kipper，基普。

从那天起，他的真名就没人再记起了，他成了基普，由一只印度雄狮成了一条英国咸鱼。这个看似玩笑的外号，背后所隐藏的种族歧视，不会因为你是盟军中的一员而消失。他为英国出生入死，却得不到身份上的认同。

卡拉瓦乔来到这座别墅时，汉娜看见他双手缠着绷带，当她以护士的身份松开绷带的刹那，卡拉瓦乔紧张地向后退了一步。绷带一点点褪去，汉娜看见一双没有大拇指的手，双手合在一起，像个肉碗。

这场战争中，卡拉瓦乔也是一个悲剧。他是一个生活在加拿大的意大利人，二战时意大利属于德国阵营。因为他是意大利人，又是个小偷，国籍与职业的奇妙结合让他被英国情报局雇用，成了一名特工，专门去偷德国人的资料。在一次执行任务时，他不小心被拍进德国军官的合影里，一旦照片被冲洗出来，他就暴露了。为了拿回相机，他潜入了德国军官的别墅，被捉住了。德国人本想剁下他的双手，经过讨价还价，只是剁去了大拇指。

卡拉瓦乔说："德国人本想继续折磨我，但是电话响了，接好电话以后，他们释放了我。我以为他们是想以我为饵，诱出我的幕后指使者。"

卡拉瓦乔忍着剧痛走上了天主圣三桥，桥上异常安静，一个人也没有。他靠在光滑的桥扶手上休息。这时，桥上的地雷炸了，他被炸得飞起又落下，仿佛是世界末日的一部分。

醒来时，他已经在罗马的盟军医院里。当他报出自己的部队番号，当他的身份被伦敦方面肯定，他成了大家眼中的爱国主义者，成了伟大的英雄，只有他自己知道，他只是个有利用价值的小偷。

汉娜告诉他："他们没有继续折磨你，是因为盟军来了，德军正在往城外撤退，走的时候把桥给炸了。"

卡拉瓦乔在医院养伤时，听到了汉娜的名字，周边的人都在谈论她和一个在沙漠里被烧焦的英国病人的故事。于是，他跋山涉水而来。而汉娜一直都爱着他。

汉娜同情卡拉瓦乔的遭遇，却也感到他来到这里不只是寻找她的下落这么简单，他一定还有别的目的。汉娜以前在多伦多女子大学医学院受训，盟军攻占西西里时被派遣到国外，在战地医院做护士。如果你看过《英国病人》的电影，会知道汉娜剪掉长发的原因，是怕在照顾英国病人时，头发触到他的皮肤，加剧他的疼痛。这是导演带着诗意化的柔情处理。事实是，汉娜在医院照顾病人时，头发常会碰到伤口中的血，那是死亡的气息。她想摆脱一切能与死亡产生联系的东西，于是剪掉了长发。

汉娜在战地医院里，每天面对各种各样的死亡，几近崩溃。为了能坚持下来，她必须保持护士这个角色背后的冷酷。

“我要活下去，我不能因为这个崩溃。”她总是这样暗示自己。她喜欢管病人叫“伙计”。你好，伙计；再见，伙计。短暂的照看，一张到死即止的合约。

“你为什么要留在这里，为什么要把自己跟一具尸体绑在一起呢？你爱上他了吗？”卡拉瓦乔质问汉娜，他不明白为什么一个只有20岁的女孩，要抛弃整个世界，去爱一个鬼魂。

“他是个圣人，一个绝望的圣人！我想保护他！”汉娜辩解着。

卡拉瓦乔继续开导她：“你得保护自己远离悲伤，悲伤与仇恨只有一步之遥。”

汉娜和卡拉瓦乔在底层聊天时，忽然听到英国病人凄惨的呼叫。汉娜飞奔上楼，越是靠近大厅，叫声越发抓狂。原来是一只狗溜进了英国病人的房间，蹲在他的床边，歪着脑袋看着他，仿佛被他的叫声镇住。卡拉瓦乔也跟了进来，这是他第一次看见英国病人。他说狗是他带来的，他把狗抱到楼下，喂它水喝。

在卡拉瓦乔和基普出现前，在别墅里只有汉娜和英国病人时，英国病人这样向汉娜讲述自己的过去：我燃烧着坠入沙漠。沙漠里的贝都因人救了我，他们看到我赤身裸体地从火中站起来。他们把我包在一片裹满油的软布上，装进一个摇篮，拖在沙漠里前行，每过二十四小时，会有人揭开来看看。这个人浑身挂满了小玻璃瓶，走路时发出清脆的撞击声。每当瓶子打开，香气四溢。他会涂一层黑绿色的糊状物体在我的胸口，说是磨碎的孔雀骨粉，治疗皮肤愈合最有效。

贝都因人救我，不让我死，是有原因的。因为我对他们有用，他们看见我从飞机上坠落，猜想我认识武器装备。他们有一批不同时代、不同构造、来自不同国家的枪，可是他们不会用。我的存在就是帮他们认枪，告诉他们哪把枪配哪颗子弹。他们抬着我从一个部落到另一个部落，我给他们画部落边界以外的地图，给他们讲枪支的构造。

我用自己的技能报答贝都因人，他们救我的目的也不过如此。当枪声在沙漠里响起，空荡荡的回音传来，我想起一句话："回音是声音的灵魂，在一片空荡中激励着自己。"

沙漠里的贝都因人比汉娜聪明，他们觉得英国病人有用，才救了他；等他们不再需要他时，就抛弃了他。

1944年，贝都因人把英国病人送到位于锡瓦绿洲的英国基地，一列急救列车把他从利比亚沙漠运到突尼斯，再走海路到了意大利。在比萨的战地医院，他遇见了汉娜。小说并没直接控诉战争，但战争留在每个人身上的故事，却是那么荒谬。

Day 3.

活到极致的人，一定是素与简

卡拉瓦乔发现，隔了那么久，再次见到汉娜，她整个人看上去绷得紧紧的，只剩下一副躯壳。他知道，她一定经历了很多难以名状的痛苦。风从山谷里升起，吹到他们的山上，排列在小教堂外三十六级石阶旁的柏树随之哗哗作响。汉娜和卡拉瓦乔坐在石阶旁的扶栏上，聊着战争中的种种。

“一年前，我差点儿有一个孩子。”汉娜就是以这样的开场白，向卡拉瓦乔倾诉。“我的孩子没了，是我故意的，我不得不这样做。因为孩子的父亲在战争期间死了。”

“你那时在意大利吗？”

“西西里，这事发生在西西里。那时我在医院拼命地工作，不跟周围的任何人打交道，除了我的孩子。时时刻刻，我一直在跟这个胎儿说话。”

“你什么时候不再跟孩子说话了？”

“突然忙了起来，部队开始打仗了。战地医院里送来的士兵一个个四肢不全，与我相爱一个小时，然后死去。”

“有一次，我弯腰为一个死去的士兵合上眼睛，可他又睁开了眼，嘲笑道，‘等不及要我死？’他坐起来，把我托盘上所有的东西都扫到地上。如此愤怒。谁会愿意那样死去呢？带着那样的怒气死去。”

“我算是知道死是怎么回事了！从那以后，我知道怎样才能转移他们的痛苦，怎样才能让他们平静地死去。”

“我们是谁，凭什么要我们承担这样的责任，要我们像老牧师一样从容淡定，要我们知道怎样把人送到谁都不愿意去的地方，还要想办法让他们心里舒服。”

“我永远没办法相信那些为死人做的临终祷告，叫人恶心的修辞。他们怎么敢那么说！他们怎么敢那样说一个正在死去的人！”

“我受够了饥饿，受够了欲望，受够了欧洲。我和一个人好过，他死了，孩子死了，我的父亲也死了，从那以后我不再让人靠近我，直到我遇见了英国病人。”

卡拉瓦乔想知道自己的老朋友是怎么死的，但汉娜拒绝透露。

夜深了，没有一点光，天空几乎布满乌云。

汉娜才20岁，花一样的年纪，如果没有战争，这将是一个无忧无虑、快乐地恋爱生活的年纪。可如今，她的心底满是阴影。在最不该体会死亡的年纪，她体会最多的恰恰是死亡，她曾送走那么多垂死挣扎的生命，表面平静下的内心早已支离破碎。

那个夏天，英国病人一直戴着助听器，因此，这个房子里的所有动静，都逃不过他的耳朵，他知道卡拉瓦乔的存在，也知道基普的存在。汉娜最初并没有告诉英国病人，基普住了进来。她以为这两个男人彼此不会喜欢。但出人意料的是，他们异常投缘。

英国病人开心地说："我们相谈甚欢！"

基普是从卡拉瓦乔口中知道英国病人精通枪支，便贸然地上楼来请教。哪想一交流，基普惊讶地发现，这个躺在床上几乎不能动的男人，对盟军与敌军的武器简直无所不知，对炸弹与导火线也如数家珍。

汉娜在门口听着他们热烈的讨论，对身边的卡拉瓦乔说："我觉得他找到了一个朋友。"

英国病人看着卡拉瓦乔，他知道了他是一个小偷，以为他来这里偷几件瓷器就会离开。

"卡拉瓦乔——这个名字对你来说，真是荒诞……"

在英国病人的脑海中，卡拉瓦乔是意大利文艺复兴时的那位巴洛克画家，怎么变成眼前这个小偷了呢？卡拉瓦乔反唇相讥道："至少我还有一个名字，你呢，你连一个名字都没有，你连自己是谁都不知道。"

卡拉瓦乔静静地坐在汉娜的椅子上，午后的阳光洒满房间，空气里游弋的尘埃清晰可见，他的思绪随着飘荡的尘埃不知去了何处。战争让他失去了平衡，在吗啡的帮助下，他尚能感觉到肢体虚幻的存在，却再也找不到一个可以接纳他的世界。他看着床上的那个男人，他需要知道这个来自沙漠的男人到底是谁，他就是为此而来的，他要为汉娜揭开他的面纱。

汉娜觉得屋子里的男人太多了，她走了出去。陷入混沌的卡拉瓦乔，让她的思绪也飘了很远：这位他父亲的老朋友，曾经是个爱热闹的人，而如今，他老去了。

她想起了死去的父亲，他死的时候是痛苦还是平静？他有没有像英国病人那样庄严地卧在床榻之上？有没有一个陌生人在照顾他？他走向死亡的时候，是否像往常一样平静，还是带着满腔的怒气呢？

一天下午，基普在别墅北面的田野里发现了一颗大地雷，它被掩藏在水泥下面，上面已长满了野草。他从容地从包里拿出半导体，把耳机戴在头上，在音乐的包围中开始拆除炸弹。基普喜欢在扫雷时听半导体，音乐让他分心，但也是帮助他清理思绪的一种方式。

这个看似一心二用的举动，实际上是他躲避悲伤往事的一种方法，他需要用音乐分散注意力，让自己不去想那些可以扰乱他思绪的事。此时，汉娜正在英国病人的房间里，喊声忽然从窗外传来。

英国病人调高了助听器的音量："是基普。你最好过去看看发生了什么。"

汉娜冲下楼梯，听到这声呼喊后穿过花园向田野跑去。这条路她走了无数次，从来没意识到有什么危险。她看到基普手里拿着两根活的导火线，他没办法放下任何一根，他需要帮忙。汉娜伸出了双手，基普小心翼翼地将两根导火线交到她手里。炸弹顺利拆除后，基普把手放在了汉娜的肩膀上，此时，他需要感觉到另一个人的存在。汉娜帮他把耳机拔了，世界安静了。

风吹过，一阵窸窣声。基普没有松开手，而是沿着她的手臂往下，把那根剪掉的线头从她紧握的拳头里拔了出来。汉娜看到他的手在抖，紧张而又僵硬，然后慢慢地蹲下了。

“我以为我要死了。我倒是想死。如果我要死了，我想和你一起死。一个像你一样的人，和我一样年轻的人，过去的一年，我看着那么多人在我身边死去。”汉娜喃喃自语着。他们并肩躺在草地上。基普伸手搂住汉娜的肩膀时，汉娜已经睡着了，但她还是下意识地抓了他的手。低头看时，基普发现，汉娜的手里还握着导火索，她自己把那根线又拾起来了。

此时，最鲜活的莫过于她的呼吸。排山倒海的过往浮现在基普的脑海里。参军后，他和部队沿着海岸一路北上，攻破一座又一座城池，每到一处，看到的都是血流成河。每天晚上，他会走进一座被占领的教堂，找到一座雕像，让自己把头放在它们的腿上，沉入梦乡。

这些石族人是他唯一能信任的，是他夜晚的守卫兵。他曾经睡在一个伤心天使的旁边，自战争以来，那是他第一次感到内心的宁静。他在这片战场上出生入死，与他唯一亲密接触的人，竟是那些制造炸弹的敌人，他们埋下的炸弹，都是待解读的无言情书。拆过各种各样的炸弹，冷静、胸有成竹的基普，第一次感到窒息的紧张，他不是怕死，而是害怕连累了眼前这个只有20岁的姑娘，虽然他自己也不过26岁。

此时，看着身边熟睡的汉娜，基普的心好像活了。一个同我们毫无血缘关系的人，往往比我们的至亲更容易攻破我们所有的感情防线。

无论汉娜之于基普，还是基普之于汉娜，都是如此。共同经历了一场生死，电光石火的瞬间，他们相爱了。也许死亡是拉近两个人距离的最快方法，他们都曾背负太多，一个拥抱就能让他们在彼此身上感受到生命本该有的温度。

Day 4.

独一无二的你，是爱情最好的模样

在照顾英国病人的日子里，汉娜还发现他博闻强识，脑袋里装着各种知识，体内是一片信息的海洋，不只是懂得枪支那么简单。他会向汉娜推荐书籍，会告诉汉娜该怎样朗读一本书，会给她讲述那些奇异的花草。

英国病人的床头一直放着一本书，汉娜很好奇他是怎样将这本书带出火海的。书很厚，几乎比原来厚了一倍。里面贴满了地图、从其他书里剪下的片段，还有密密麻麻的文字，像是一本日记。翻遍整本书，你可以查到战前20世纪30年代埃及和利比亚沙漠的信息，有关壁画、馆藏艺术、旅行笔记等，唯独查不到任何书的主人的信息。这本书是他的圣书，他把自己钟爱的一切都贴在里面。

英国病人被送到比萨时，战争正进入白热化阶段，成百上千的士兵已经不知道自己是谁了。当时，凡是宣称不能肯定自己国籍的，都被关在海边医院。英国病人在他们之中，就是谜一样的人物，没有任何身份证明，也无从辨认，连肤色都不知道。他身上的一切都很像英国人，就是从那时起，他有了“英国病人”这个称呼。

就是那时，英国病人注意到了汉娜，一个独来独往不爱说话的护士。他熟悉她那死灰般的目光，知道她与其说是护士，不如说是病人。

后来，英国病人让汉娜念书给他听，是因为这是唯一能和她交流的方式。英国病人随身携带的书叫《历史》，是有“历史之父”之称的古希腊作家、历史学家希罗多德所著。书里记录了他在旅行中的所闻所见，涉及西亚、北非以及希腊等地区的地理、历史、文化、风土人情、宗教信仰等，像一部百科全书。他是作家，更是一个在沙漠里游走的闲人，他穿行于绿洲之间，与人交换传奇故事，用它们拼凑出一个海市蜃楼。

“我就是带着这本书走进沙漠的。”英国病人如是说。

1930年，我们的探险队——绿洲协会，开始在大吉勒夫沙漠寻找阿拉伯文献里记载的名叫扎苏拉的失落绿洲，协会里有德国人、英国人、匈牙利人，也有非洲人。慢慢地，我们成了没有民族的人。战争开始时，我已经在沙漠里待了十年。穿越国境，不属于任何人，不属于任何国家，对我来说易如反掌。

沙漠里一切都是移动的，也许一阵风吹过，前一秒的景象就没了，在这里没有什么是永垂不朽的。擦掉我们的姓氏，擦掉我们的国家，把所有人都看作是和自己一样的人，就是沙漠给我的启示。

故事开始于1936年，那年，英国人克里夫顿和他的妻子凯瑟琳加入了绿洲协会。在寻找扎苏拉绿洲时，探险队需要飞机。贵族出身的克里夫顿很富有，他有一架飞机。凯瑟琳就是这时走进我的生命的，她是一个有夫之妇，比我小15岁。

一天晚上，我们围着篝火坐在沙漠里。凯瑟琳在黑暗中念了一首诗，在此之前，我从没喜欢过诗，但那天晚上，我爱上了这个声音。几个月后，我们开始在开罗跳舞，我带她游览这个她从没见过的城市。我们对彼此有着致命的吸引力。

我把手搭在希罗多德的书上，所写下的每一个字都是错的，笔在挣扎中爬行，好像没了脊梁。我曾以为我们的爱情可以长久，可大海也会分开，何况情人呢?

凯瑟琳背负不了背叛克里夫顿的压力，提出了分手。“我们不能再爱下去了，我们不能再见面了。”

我们是在格洛皮公园分手的。分开时没有吻，只有一个拥抱。我转身离开没几步，又掉头回来。她还站在那里没有动。

我在距离她几码的地方停下，伸出一个手指，强调我要说的话：“我就是想告诉你，我还没有想你。”

她头一摇，撞在门柱边上。我知道她撞疼了，可我没理会。我们此刻已经是两个人了，在她的坚持分手下各自套上了伪装。从这一刻起，我和她的灵魂，找到便找到，找不到就是没有了，再也没有了。

我们到底是什么关系呢？是对周围人的背叛，还是对另一个生命的渴望？英国病人瞪着眼，思绪仿佛穿越了非洲沙漠。

黑夜很快降临了，夜色先是充满峡谷，然后漫过群山。这个夜晚，就是汉娜帮基普拆掉炸弹那天的夜晚。卡拉瓦乔不知道从哪找来一台留声机，一场愉快的晚会就在英国病人的房间里开始了。

留声机响了，卡拉瓦乔和汉娜随着音乐翩翩起舞。汉娜给大家讲卡拉瓦乔以前的糗事。卡拉瓦乔不是一个成功的小偷，他太大方了，偷来的东西多半都给了别人。他在偷东西时，总会被某些人性的东西分散注意力。比如，圣诞节时他进入一户人家，如果他看到日历上的日期不是当天，就会纠正；比如，他偷盗的人家有留守的宠物，他会和它们说话，喂饱它们，如果他再次回到犯罪现场，这些宠物会开心地招呼他。

“我想要点红酒。”英国病人说。

基普答应了他的请求，倒了一杯递给他。这时，外面传来一声闷响，基普飞快地转身，朝窗外望去。其他人都默不作声了。基普安慰大家说：“没事，不是地雷。”

“这酒可能要了我的命。”英国病人打破了屋内的宁静。

卡拉瓦乔开玩笑说：“没有什么能要你的命，我的朋友。你就是一堆炭。”

“卡拉瓦乔！”汉娜用责怪的语气打断了他。

西风吹进房间。基普突然一转身，闻到了淡淡的火药味。趁大家不注意，他慢慢地溜出了房间，沿着黑暗的大厅向前奔跑，出了房子，飞奔下三十六级教堂石阶，来到大路上。他拼命向前跑着，他在想，在爆炸中受伤的到底是扫雷兵还是平民？是意外还是错误的决定？

他找到了炸死人的地方，看到现场的残迹，是哈代，他的助手哈代被炸死了。这个陪着他从英国辗转来到意大利，比他年轻十岁的助手，这个年轻的英国人，死了。在部队里，由于基普不是英国人，士兵在喊他“长官”时总是不情愿。只有哈代，每次在叫“长官”时都精神饱满，给予了他最大的尊重。

几个小时后，基普回到了别墅。经过藏书室时，他看到卡拉瓦乔抱着那只狗睡在沙发上。他轻轻地来到英国病人的房间，再度坐在窗台上。此时，英国病人已经睡了，他还戴着助听器，为了不吵醒他，基普将助听器的线剪断了。

晚会时，一听到那声闷响，基普就确定是炸弹声，为了不影响他们的兴致，为了保护他们不受地雷的惊吓，他生平第一次撒谎——“没事，不是地雷”。此时的基普，需要汉娜的肩膀，他想把他的手放在汉娜的肩膀上，就像下午她在阳光下睡觉时那样。他不是想要安慰，但他想用安慰包围这个女孩，他拒绝承认自己的软弱，汉娜也一样，他们都不愿让对方看到自己的软弱。

汉娜后来明白，基普从不曾允许自己被她依附，同样也不允许自己去依附她。他的眼里只有危险，他的每一天都如履薄冰。

“基普，我想带你回加拿大，去看看烟湖，我父亲心爱的女人就住在那里。和你在一起我很幸福，我想就这样一直跟你在一起。”汉娜躺在熟睡的基普身边，轻声地对他说。

Day 5.

一个人需要隐藏多少秘密，才能巧妙地度过一生？

“我给你讲个故事。”卡拉瓦乔对汉娜说。

“有一个匈牙利人，名叫艾尔麦西，战争期间给德国人做事。他是20世纪30年代最伟大的沙漠探险家之一。”

“两次战争期间，他一直在开罗一带执行探险任务，寻找失落的绿洲——扎苏拉。1942年，他成了德军间谍的向导，带着他们穿越沙漠，进入开罗。”

“我想和你说的是，眼前这个英国病人不是英国人。我觉得他就是那个给间谍帮忙的艾尔麦西。”

“我觉得他是英国人。”汉娜固执地说。

“你要知道，艾尔麦西是在英国上学的，他有英国口音一点也不奇怪。”卡拉瓦乔继续说。

“那时我就驻扎在开罗，我们一直在跟踪那些间谍。艾尔麦西用三个星期带他们到了开罗，之后自己又返回沙漠了。我不知道他最后怎么落在了比萨的英国部队手里。”

汉娜对卡拉瓦乔的这些怀疑并无兴趣：“我觉得我们没必要在意他是谁。他曾经站在哪一边又有什么关系呢？战争都结束了。”

“我想给他多用点吗啡，让他把该说的都说了。”卡拉瓦乔执意如此，他也这样做了。

“你在沙漠坠机的时候——你是从哪里起飞的？”

“从大吉勒夫。我是去那里接一个人：1942年，8月底。”

在吗啡的作用下，英国病人又陷入了回忆中。

1939年9月，开战前没几天，绿洲探险队要撤出沙漠。我负责去大吉勒夫清理营地，克里夫顿负责开飞机来接我。那天，他驾驶的飞机开得非常低，机身掠过刺槐丛，叶子纷纷下落。我站在丘脊上，挥舞着蓝色的油布。飞机一个转身冲我迎面而来，我栽了出去，一道蓝烟从起落架上升起。

克里夫顿知道了我和凯瑟琳的恋情，虽然那时我们已经分手了，但他还是计划了一场自杀式坠机，他想和我同归于尽。我以为他是一个人来的，等到了坠毁的飞机前，才发现凯瑟琳也在里面。克里夫顿当场就死了，我把他埋在沙漠里。凯瑟琳受了重伤，我把她从飞机里抱起来，抱进附近的“泳者之洞”，洞里已经很冷了，我用降落伞布把她裹起来，让她暖和些，又用刺槐枝点了一堆火。

我对她说：“凯瑟琳，我现在出去求救。这附近还有一架飞机，是我们之前埋起来的，但是没有汽油。我也许可以遇到车队或是吉普车，那样的话我很快就会回来。”

我拿出希罗多德的《历史》，放在她身边，然后走出岩洞，走出火光，走进黑暗。没有卡车，没有飞机，没有指南针，只有月亮和我的影子。我身处破碎之乡，从沙漠到岩石，我对着岩石呼喊凯瑟琳的名字。“而回音是声音的灵魂，在一片空荡中激励自己”。

我一走进沙漠里的绿洲小镇，就被英国部队围住了。此时，战争已经开始了。部队正在沙漠里抓间谍，任何人走进那些小镇，如果有一个外国名字，就会被列为嫌疑人。我被抓了，任凭我如何解释，任凭我如何求救，任凭我如何讲述凯瑟琳的伤情，都没有人理会。在这些英国人眼里，我不过是一个二等间谍嫌疑犯，一个外国杂种。可是凯瑟琳还在沙漠里等我。

英国病人停了下来，伸出手。卡拉瓦乔在他乌黑的手掌里放了一粒吗啡片。卡拉瓦乔告诉英国病人，克里夫顿是英国情报局的特工，他加入绿洲协会，就是为了监视这个不同国籍的探险队。他的死让英国人很不安，以为会是一个阴谋。

“所以，你掘地三尺也要找到我，是吗？”英国病人问。

“我来这里是为了汉娜，我认识他父亲。我根本没想到会在这个修道院的废墟里遇到拉迪斯劳斯·德·艾尔麦西伯爵。”

卡拉瓦乔继续说：“战争期间，我在中东第一次听到你的名字，你是个谜。是你把你的沙漠知识给了德国人，你带着德国人穿越沙漠时，我们对你的行踪一清二楚，因为我们破获了德军的密码本，但我们不能让他们知道。所以，一直等德国间谍们到了开罗，我们才实施抓捕。”

“英军的计划是，在开罗就杀了你，但你返回沙漠了，他们想在沙漠里找到你再杀了你。他们杀你，不是因为你帮德国人，而是你和凯瑟琳的恋情，他们不允许自己国家的贵族蒙尘。”

“但是，你在沙漠里失踪了。你是怎么被烧伤的？”卡拉瓦乔问。

英国病人伸出手臂，淤青的血管横陈，等待更多的吗啡。身体每吞下一针吗啡，就又有一扇门随之打开。

三年，我整整迟了三年。凯瑟琳早已葬身在沙漠——这片神圣的地方。

死在一个神圣的地方是很重要的，在这里，你可以看见光明和信仰，这是沙漠的秘密之一。

此刻，凯瑟琳便是进入了这个荣耀的国度。我希望我死的时候，也可以在身上留下沙漠的印记。我全部的渴望就是走在一个没有地图的地球上。

我抱着凯瑟琳走进沙漠，那里有属于众生的月光之书，我们辗转于井的谣传中，我们徘徊在风的宫殿里。我抱着凯瑟琳找到那架埋藏的飞机。当马达声响起，我们升上了天空。飞机在艰难的上升过程中漏油了，汽油和短路的电线触碰。着火了。当我钻进浸满汽油的降落伞，跳出机舱，我发现空中那么亮，我意识到自己在燃烧。

房间陷入一片宁静，英国病人睡了。那是一片没有人能穿越的沙漠，但是艾尔麦西做到了。卡拉瓦乔开始钦佩他，至于他在战争中到底是哪一方人，已经无关紧要了。记得凯瑟琳曾问艾尔麦西："如果我把我的生命给你，你会扔掉，对不对？"当时，艾尔麦西什么也没说。

但是，当凯瑟琳真的死了，艾尔麦西用自己的行动回答了她。

基普是印度人，家里排行老二。他的家族传统是老大参军，老二从医，如果有老三就做生意。战争爆发时，基普的哥哥拒绝入伍，他不想为英国人做任何事情，于是被丢进了监狱。21岁的基普顶替哥哥加入锡克兵团，被送到英国。他自愿加入工兵小组，专门负责拆炸弹。让基普在队伍里名声大噪的，是一次为了阻止导火线继续燃烧，他开枪击中了火线头，让炸弹的定时器停了下来。

基普被顺利选入萨福克勋爵的拆弹专组，他是所有候选人中唯一的印度人。在部队里，他习惯了周围人对他的冷漠，那些英国人，他们要来自殖民地的人替他们打仗，却不愿和他们说一句话。但是，70多岁的萨福克勋爵对他很好，专组里的另外两位核心成员对他也很好。他们都用平等、尊重的态度与他共事。渐渐地，基普喜欢上了英国人。

1941年的5月，萨福克勋爵试图拆除一个250公斤的炸弹，它爆炸了。萨福克勋爵、另外两位核心成员，还有四个正在接受培训的扫雷兵，都被炸死了。顷刻间，那些人都成了一堆名字。自那以后，每次在拆弹中，基普都喜欢戴上耳机，用收音机的声音分散自己的注意力，让自己不去想导师死时的那一幕。

萨福克勋爵死了，拆弹专组解散了，基普重新做回了默默无闻的士兵。但他没有忘记导师的嘱托，他知道自己是导师最后的希望，他带着这份希望，来到了意大利战场，一直到现在。萨福克勋爵死后，在英国部队里依旧没有人在意他的存在，他已习以为常。他知道他永远只是一个异族人，他在心底筑起了一道自我保护的栅栏。打仗的这些年，他明白了唯一安全的东西就是自己。

知道了基普的全部经历，汉娜懂得了他身上隐隐存在的那种疏离感。基普遭遇的不公，主要源于种族歧视，而这种歧视，又经常发生在与自己同一阶层的人身上，仿佛他们需要用国籍和肤色来维持自己的优越感。

诺贝尔文学奖得主多丽丝·莱辛曾在她的小说里探讨过欧洲人痴迷于种族优越感的原因，那是源自他们的不自信与不安定感，是一种自我催眠式的心理补偿。每个人的心底都有一堵墙，隔着不为人知的秘密。一个人需要隐藏多少秘密，才能巧妙地度过一生？

Day 6.

想活得自由，要有强大的独立性

战争已经接近尾声了。

英国病人对卡拉瓦乔说："我们都是要死的，但他们还年轻，他们会过上我们想要的生活。"

"我给你讲个故事。"卡拉瓦乔对汉娜说。

那天是汉娜的生日，基普负责做晚饭。卡拉瓦乔越来越喜欢基普了，虽然他看上去像个怪人。基普刚来时，有一次，卡拉瓦乔走进藏书室，看见他在排除一颗藏在窗幔里的炸弹，拆下的引信盒放在桌子上。他不小心碰了桌子，引信盒坠落下来。就在它即将落地的瞬间，基普的身体滑过来，伸手接住了它。卡拉瓦乔忽然觉得自己欠了基普一条命，他会永远记得基普这一滑，哪怕以后他们再也不见面。

很多年以后，在多伦多的一条大街上，卡拉瓦乔从一辆出租车里出来，一个东印度人要上车，他替那人扶着车门，心里想起了基普。在汉娜21岁生日这天，卡拉瓦乔语重心长地对汉娜说："父亲都会死的，你可以继续以你的方式去爱他，你不能把他在你心里藏起来。"

过去，卡拉瓦乔在汉娜的生活里就像一个神；现在，他的脸，他发福的身体，还有他灰白的头发，让她觉得他是个更亲切的人了。基普在外面叫他们，他们循着声音到了阳台。

“四十五个，”基普说，“这个世纪已经过去四十五年了。在我的家乡，我们除了庆祝自己的生日，还庆祝年份。”

基普准备了丰盛的晚餐，还准备了三瓶红酒，大家又吃又喝，都特别开心。卡拉瓦乔和英国病人有着同样的心愿，希望基普和汉娜可以结婚。狗小心翼翼地走到桌边，把它的脑袋放在卡拉瓦乔的大腿上。汉娜光着脚，爬上了桌子。她赤裸的脚边有四个蜗牛壳，火光一阵颤动，差点儿灭了。

她对着黑夜唱起了《马赛曲》，歌声越过他们的蜗牛灯，越过英国病人房间里的那方烛光，消失在摇曳着柏树影的黑色夜空里。卡拉瓦乔在汉娜16岁时听她唱过这首歌。如今，它不再是16岁时的激情，更像是回音。她唱这歌的感觉就好像在唱一个受伤的人，就好像没有人能再次拢起歌里所有的希望。

改变她歌声的是这五年的岁月，岁月领着她来到这个21岁生日的夜晚，独自一人，面对一切。卡拉瓦乔意识到，她唱的是基普的心，是那颗心的回音，“而回音是声音的灵魂，在一片空荡中激励自己”。

无论身处何处，身处现在还是未来，汉娜始终记得基普走出她生命的那一刻，她的大脑一直在重复着那一幕。

那是1945年8月6日。

在花园里，基普通过半导体听到了美军向日本广岛投掷原子弹，他拿着枪，冲进了别墅，把枪口对准了英国病人的胸口。他开始颤抖，他在用尽全力克制自己。

“我本来在自己的国家传统里长大，但是你们来了，先是英国人，再是美国人，你们把你们的传统、你们的文化、你们的书强塞给我们，把我们变成和你们一样。你们再把我们骗来战场，为你们卖命。可你们做了什么？你们对黄种人做了什么？”

“我的哥哥告诉我，永远不要相信欧洲人，永远不要和他们握手。但是我，我太容易感动了，我轻易地相信了欧洲人。”

“开枪吧！”艾尔麦西平静地说。

基普没有开枪，他扔了枪，走出了房间，他不再是他们的哨兵了，他把他们三人留在了他们的世界里。他走回帐篷，把一切和军队有关的东西都清理出去了，包括拆弹的设备，制服上的徽章。他拿出随身携带的那张全家福，他想起自己的名字叫基帕尔·辛格，既然他是辛格，他为什么要留在这里呢？

第二天，基普什么也没带，骑着摩托车走了。临别前，卡拉瓦乔给了他一个用力的拥抱，他挣脱了。

汉娜万分痛苦，她很不解：“我们跟这一切有什么关系呢？”汉娜来到空荡荡的帐篷，她打开基普留下的背包，看到了他的全家福，看到了他的一幅铅笔素描——她坐在露台上，他是从英国病人的房间里看着她画的。汉娜提起笔，这是几年来她第一次给克拉拉，她的继母，她父亲一生深爱的女人写信。

亲爱的克拉拉，亲爱的妈妈：

帕特里克死了。你知道他是怎么死的吗？他烧伤了，受了伤，他的部队扔下他不管。他烧伤了，而我是个护士，我本来可以照顾他的。你能理解距离背后的哀伤吗？我本可以救他的，或者至少陪着他走到最后。他至死都是一个人，身边没有爱人，没有皮肤。我受够了欧洲，克拉拉，我想回家。

十三年过去了。

基帕尔·辛格在自家的花园，看着那块四四方方的干草地，想起了在意大利佛罗伦萨废弃别墅里的那几个月。此时，他身在自己的国家印度，如愿成了一位医生，他有两个孩子和一个爱笑的妻子。记得那年分别以后，汉娜曾给他写了一年的信，没有回音，她便不再写了，是他的沉默把她推开了。

此刻，他想起汉娜，想起了他们最亲密的那段时光。这时的汉娜34岁，蓄起了长发，即使到了这个年纪，她仍然没有找到属于她自己的人，那些她想要的人。她仍然记得英国病人给她念的那些诗句。

小说的最后，翁达杰用交叉蒙太奇的手法描绘了一幅安静的画面。一边，在房间踱步的汉娜，肩膀碰到碗柜，一只玻璃杯落了下来；一边，基帕尔·辛格的女儿正在学习使用餐具，小家伙手里的叉子掉了。基帕尔·辛格猛地伸出手，在叉子落地前接住了它。

整个故事里，汉娜和基普之间都暗藏着终将天各一方的距离的洪流。有人说，在这部小说里，基普是唯一一个和过去、和自己和解的人。其实，与其说是和解，不如说是重塑。他从在印度长大，到融入英国文化，因“广岛事件”感到被英国背叛，再到回归自己原有的文化，他完成了身份的归属与精神的重塑。

那英国病人呢？肯定是死了。如果没有汉娜的悉心照顾，他可能很早就死了。汉娜之所以选择照顾他，直到小说的最后，在她写给继母的那封信中，才揭晓谜底。

我们都曾和卡拉瓦乔一样，以为汉娜爱上了英国病人，以为他有恋父情结。其实，汉娜只是在寻找一种补偿和寄托，汉娜的父亲就是烧伤致死的，在他临死前，没有人照顾他。汉娜一直不肯透露父亲的死因，是因为她不想被别人看穿她伪装的坚强吧，在比萨的医院里，她是先知道父亲的死讯，而后才遇见英国病人。

爱有很多种，汉娜对基普的爱，是爱情；汉娜对英国病人与卡拉瓦乔的爱，都是亲情。在她的少女时代，幽默风趣、阅历丰富、魅力四射的卡拉瓦乔，是她崇拜的对象。她爱他，爱的是少女时代的一个幻想，爱的是战乱离别前的共同回忆。

Day 7.

真正会生活的人，都懂得放下

卡拉瓦乔和汉娜，都是跨卷人物。在《英国病人》出版之前，1987年，翁达杰出版了长篇小说《身着狮皮》，讲述了加拿大多伦多这座移民城市拔地而起时的血泪史。

身着狮皮

帕特里克，出生在加拿大偏僻林区的一个伐木工人家里，21岁时来到多伦多，成了这座城市的一个移民。他的职业是爆破师，在安大略湖底挖隧道，同时，他也做一个周薪四元的“搜寻者”，寻找一位失踪已久的百万富翁。在寻找过程中，他认识了这位富翁的情人，风情万种的广播演员克拉拉，同时也认识了克拉拉的闺密艾丽斯。他先后爱上了这两个女人。

帕特里克深爱着克拉拉，他们有过短暂的交往，克拉拉在权衡下选择离开他，悄悄回到百万富翁身边。克拉拉离开两年后，革命者艾丽斯走进了帕特里克的生活，照亮了他以后的生命。

艾丽斯有一个9岁的女儿汉娜，而汉娜的父亲，在她还没出生时，因策划工人罢工被杀害了。受艾丽斯的影响，帕特里克开始关注外籍劳工在多伦多被压迫剥削的惨状。他们为这个城市的建设流血流汗，却在官方历史上连一个最简单的注脚都没有。

在一次工人的非法集会上，艾丽斯由于拿错了一只包，被包里的定时炸弹炸死了。成了孤儿的汉娜开始和帕特里克一起生活。那个“故意失踪的”百万富翁去世后，克拉拉回到了帕特里克的身边，成了汉娜的继母。

那帕特里克和卡拉瓦乔是怎么认识的呢?

意大利人卡拉瓦乔也是建设多伦多的外籍劳工中的一员，最初他是修路工人，一年后辞职了，他将自己训练成了出色的小偷。第一次偷窃，从二楼窗户跳下来时，他扭伤了脚，只能躲到附近的一家蘑菇工厂，在那里认识了他的妻子詹内塔。结婚后，卡拉瓦乔患上了偷盗恐惧症，他不再也不敢相信任何人。他的妻子给他出主意，让他带上一条狗出去。他偷来了一条深红色的小猎犬，取名“八月”。

当卡拉瓦乔在街道的一边溜达，八月则在另一边漫无目的地走着，仿佛彼此陌生一般。当卡拉瓦乔入室行窃，八月就机警地给他望风。艾丽斯死后，帕特里克因炸毁某栋旅馆，以“故意损害财产罪”被抓入狱，判刑五年。此时，卡拉瓦乔也获罪入狱，两个人在同一牢房。在监狱里，卡拉瓦乔受到加拿大人的偷袭，是帕特里克为他通风报信，保住一命。后来逮到机会，卡拉瓦乔便越狱逃跑了。

五年后，帕特里克出狱。16岁的汉娜问他：“你在监狱里有朋友吗？”

“有啊，他逃跑了，他是个聪明的小偷。”

出狱后的帕特里克找到了卡拉瓦乔，两个人成了好朋友。

伏线千里

汉娜的身上有一种天然的悲伤，她是一个从还未出生就开始感知死亡的人，生父死了，母亲死了，继父死了，她的男人死了，孩子还未出生也死了，她仿佛重蹈了母亲的覆辙。她所爱的一切都离她而去，包括基普和英国病人。汉娜的生母是被炸弹炸死的，若干年后，汉娜爱上了扫雷兵基普。

卡拉瓦乔在行窃时没办法信任任何人，却愿意相信一条狗。若干年后，当他来到废弃的别墅，身边也有一条狗。

直到读完小说，我们都没办法确定，那条让英国病人陷入惊恐的狗，到底是自己进来的，还是卡拉瓦乔带来的。

残缺的别墅里，每个人的心都是残缺的。战争摧毁了一切美好，摧毁了藏书室，摧毁了一个人的外表。在小说里，藏书室和烧焦的英国病人都是美好的象征。前者象征着精神，后者象征着肉体，但二者在战争中都无一幸免。在这个别墅里，每个人都是不知道自己是谁的“英国病人”，每个人都是战争的病人。

虚构与现实

除了诗意的文字、精巧的构思、片段化的布局，小说内容的虚实结合也是翁达杰创作的一大特征。1932年，匈牙利的沙漠探险家拉兹罗·艾尔麦西（László Almásy）开始寻找扎苏拉绿洲。1940年，皇家地理学会在伦敦的一次会议记录中，准确记载了1939年探险队寻找扎苏拉绿洲的行动。这次行动中，克里夫顿死了，他的妻子凯瑟琳失踪了。

二战时，有传言说在阿拉曼战役中，沙漠之狐隆美尔之所以能快速穿越沙漠，是因为有高人指点。翁达杰在这些真实存在的历史事件基础上，虚构出一个动人的故事。

无国界意识

翁达杰在小说里写了两段爱情，艾尔麦西与凯瑟琳，基普与汉娜，一段浓如烈酒，一段淡若清茶。但这两段爱情，最终都走向悲剧。两段爱情的男主角，恰巧是两种意识的代表——个体的人和公众的人。

英国病人，即艾尔麦西，他希望“走在一个没有地图的地球”。他早已故意抹去了自己的国籍、民族与身份，他憎恨所谓的民族这个概念。他是一个背叛者吗？于一个国家而言，他是；于一个爱他的人而言，他不是。

但是，当爆炸声在亚洲响起，基普拿起枪对着英国病人，几近崩溃：“你们是意大利人、加拿大人、匈牙利人，你们都不是英国人，可当你们把炸弹投向亚洲，投向黄种人，你们就是英国人了。”

基普的愤怒，要上升到一个高度来解读，他所同情的，不是日本这个国家，而是日本所在的整个亚洲。英国病人曾以为基普会是“个体的人”，所以看好他和汉娜的爱情。最后，英国病人的愿望落空了，基普和汉娜受制于“国界”意识，分开了。

翁达杰在《英国病人》中写道：“小说是一面走在路上的镜子。”所谓的“无国界意识”，置换到当下我们的生活中，会不会成立呢？

我们出生在一座城市，长大在一座城市，求学在一座城市，工作又在一座城市，我们生存在一座城市，生活在另一座城市。我们在一座又一座城之间周转，何尝不想打破“城市壁垒”呢？我们一辈子都在挣扎，不是为了回到故乡，就是为了离开故乡。我们心里爱着一个人，与之恋爱、生活的可能是另一个人。看似秩序整齐的时代，一切又何尝不是错乱的呢？

这一路，我们在寻找什么？

《鼠疫》

荒诞却不绝望的反抗之歌

[法]阿尔贝·加缪

初版于1947年的《鼠疫》，通过描写一场突如其来的疫情，以及普通人如何与疫情抗争的故事，呈现了人类反抗苦难与死亡的诸多姿态，它肯定人类直面荒诞并与命运抗争的力量，给予现代人关于生存的重要启示。

1942年，加缪凭借小说《局外人》一举成名。1947年，发表小说《鼠疫》，该作品得到一致好评，进一步确立了加缪在当代西方文学中的重要地位。1957年，44岁的加缪因为“他的重要文学创作以明澈的认真态度阐明了我们这个时代人类良知的问题”获得诺贝尔文学奖，成为法国最年轻的获奖者。

加缪的作品始终从人的现实生存困境出发，揭示了世界的荒诞性。他主张人类要直面荒诞，并在荒诞中奋起反抗。他直面生活的勇气使他成为二战后欧洲乃至全世界几代青年的“精神导师”。

扫码收听本书音频

MAI JIA
READING
WITH YOU

Day 1.

在最深的黑暗处看到深刻的人性

加缪认为，正是因为有太多荒谬，我们才更应该努力地活着。他在获得诺贝尔文学奖时，授奖词里有这么一句："最重要的已经不是追问人生值不值得活，而是必须如何去活，其中包含着承受因生活而来的痛苦。"

这也是加缪一直探寻的人生命题，在《鼠疫》中得到了最大程度的展现。加缪巧妙地将小说背景设置在阿尔及利亚的一座小城里——奥兰，它和今天现代化的城市相差无几。

奥兰是一座既没鸽子又没树木，也无花园的城市。春天是没有任何征兆的，夏天尘土飞扬，秋天大雨滂沱，满城泥浆，冬天则寒冷刺骨。城市里的人对这里更是厌恶，早已失去了生活的热情。

他们最看重的是做买卖发财，甚至在茶余饭后，嘴里谈论的东西也离不开金钱。当然，闲暇他们也会参与一些娱乐活动。每天就这样重复过着，无聊且乏味，从来没有人想到过死亡。但鼠疫的突然暴发，打乱了这里的生活节奏。人们讨论的东西变成了：如何在这场灾难中活下来？

不同的人可能会有不同的选择，而危难之时的选择更能彰显人性之复杂。这也是加缪在《鼠疫》中着力刻画的，即灾难之下的众生相。里厄医生和塔鲁作为故事的叙述者，是《鼠疫》中绝对的主角。其中，里厄医生象征着瘟疫中的反抗者，也是一位具有牺牲精神的英雄，尽管对突然暴发的鼠疫束手无策，但他并没有坐以待毙，还是尽自己所能去救治病人。而塔鲁是鼠疫的旁观者和反思者。当鼠疫来临时，他如实地记录下城市的变化，并在这个过程中不断追问：鼠疫到底源于什么？我们身上是否也携带着鼠疫病毒，不自知地伤害过别人？至于奥兰城中的市民们，并不像里厄医生和塔鲁那么耀眼，只是最平凡的普通人，常常被历史所遗忘，书中留给他们的戏份也不多。尤其群体性灾难下，民众们面目模糊，但他们正是一个城市的核心组成。

从这个维度来看，他们也是这个于故事里不可缺少的部分。总的来说，我们可以将市民分为三类人：个人主义的推崇者、推波助澜的施虐者和平凡普通的受害者。

在书中代表个人主义的是记者朗贝尔，他不像里厄医生一样，关注全人类共同的命运，他只想着过好自己的日子，追求个人的幸福安稳。

柯塔尔则是象征着灾难中投机倒把、趁机发财的一群人，为了自己的利益，做了许多伤天害理之事，没有自己的道德底线。而受害者最显著的代表是小职员格朗，在小公司里上着班，为了自己的梦想艰难地奋斗着。不知怎的，瘟疫就找上了他，他却什么也做不了；最后因着勇士的庇护，才艰难地活了下来。这里也能体现加缪的人道主义精神，即灾难永远不会伤害无辜的人。

Day 2.

人生就是一边在得到，一边在失去

里厄医生作为奥兰城里知名的医生，他比普通人更早察觉到城中的异样。最初，里厄医生在楼道里发现死老鼠时，并没有太放在心上，只是提醒了一下老门房米歇尔。直到当天晚上，里厄医生亲眼见证了一只老鼠的死亡，才开始留意这件事，因为老鼠的死实在太怪异了。

但眼前更要紧的是妻子的病，里厄的妻子身患重病，已经持续一年了。为了更好地调养身体，里厄决定将妻子送去疗养院。就在把妻子送走后的几天里，老鼠越来越多，三五成群地出现在城市里的各个角落里，垃圾桶里也装满了耗子。为了了解市里其他地方的情况，里厄给灭鼠处打了电话。才发现不到半个月的时间，整个城市就已经收集了八千只老鼠。

与此同时，里厄发现老门房米歇尔的身体似乎出了问题，凭借着医生敏锐的直觉，他觉得这事没那么简单。没想到的是，在之后的一天时间里，米歇尔的病情迅速恶化：脸色铁青，嘴唇蜡黄，体温骤然升到了40℃，嘴里不停地说着胡话，可惜的是，还没送到医院，米歇尔就死了。

而此时外面卖晚报的小贩大声通报着：“老鼠的侵扰已经

停止。”到了此时，一切的困惑终于有了结果。根据里厄和其他医生的统计，近期大约有二十个因为淋巴结引起高烧而死去的人。这样的概率，让里厄不禁有些心忧。他向医师联合会提出，应该把新发现的病例全部隔离起来，以免传染。但医师联合会觉得应该先报告省长，根据政府的指示采取措施。

其实在目睹了米歇尔的死亡后，里厄就猜到了结果：很有可能是鼠疫。在将米歇尔的血液拿去化验后，则进一步证实了里厄的猜想：里面检测出了有鼠疫的粗短型杆菌。里厄知道，没有人会相信他的话。毕竟在大众的一贯认知里，鼠疫在好多年前就灭绝了，怎么会突然暴发呢？

尽管历史上已经发生过三十次大规模的鼠疫，大约造成了一亿人死亡，但生活在和平年代的人根本不知道一亿人的死亡到底是一个什么概念。为了能够更快采取措施，里厄坚决要求必须尽快在省政府召开会议，商量解决的方法。有些医生却不以为然：“你说是鼠疫，至少我的几个亲人都健在啊。”里厄反驳道：“但别的病人亲属却有死亡的。如果再不做些什么，鼠疫很有可能会夺走本市一半人的性命。”

省长终于同意，做好一定的预防工作，准备好血清。

在会议结束后的第三天，里厄才发现省府的工作人员在城区一些不显眼的地方粘贴报告。大致是说，城中最近出现了一些恶性的高烧病例，目前不足以引起忧虑。直到每天死亡的人数从十多个变成了三十多个。省长才终于开始害怕，承认鼠疫是真的在城市里暴发了，下令进入防疫状态，关闭城市。

里厄除了睡觉之外，每天不是在诊所里出诊，就是在接收鼠疫病人的医院里，为病人做防疫接种和淋巴结切开。最让里厄感到头痛的是出诊，因为一旦诊断为瘟疫就得立马送走，进行隔离。有些病人家属可能会理解，但有些可能就会破口大骂，认为里厄就是死神的推手，没有一点点的怜悯心。因为他们已经知道，一旦分离可能就是永别，所以有一些人甚至扬言："我愿意和鼠疫病人相守到死。"

里厄只好动用军队，才能把病人夺走。

里厄在医院里待的时间越来越长，可鼠疫病人也是越来越多。仅仅是里厄所待的医院里，每周的平均死亡数字已上升到五百人，似乎他所有的努力都是徒劳。尤其是里厄作为医生，他本该是个救人的角色，鼠疫的暴发却扭转了这一切。正好在这个时候，里厄接到了妻子病危的消息，他却没法离开这里。

鼠疫防治上的失败和妻子的病危，让里厄有些沮丧，他问母亲："你害怕吗？"

里厄老夫人说："在我这样的年龄已没有什么可怕的了，以前也常发生这类事儿。一切都会过去的。"

里厄也赞同母亲的看法，也明白：只凭借个人的力量，鼠疫防治工作是很难有什么大的起色的。6月末，里厄和塔鲁一起组建了志愿者防疫队，让更多的人参与到救治工作中来。随着塔鲁带领的第一支小队的建立，也带动了其他防疫队的组织。这下终于将奥兰的疫情控制住了，死亡人数开始保持稳定，一切看起来都在朝着好的方向发展。但也仅限于此，从4月底的暴发，再到现在的12月底，鼠疫已经蔓延了大半年之久，却没有丝毫好转的迹象。当初所有的热情，也变成了疲惫。

但在1月初的时候，鼠疫突然莫名其妙开始退散了，他们研制的血清陡然取得了一系列的疗效。谁也不知道为什么，没有任何征兆。还没等里厄放松下来，又收到一个坏消息：他的妻子不久前在疗养院病逝了。里厄虽然战胜了鼠疫，赢得了认识和记忆，却输掉了生活。如此说来，里厄到底是赢了还是输了呢？可人生大抵就是如此吧，我们一边在得到，一边在失去，总是抓不住所有。

Day 3.

世上没有任何东西，值得人们为了它舍弃幸福

如果要说起奥兰城里最无辜的人是谁，那一定非记者朗贝尔莫属。朗贝尔在巴黎一家大型报社任职，因为要调查阿拉伯人的生活情况，才来到了奥兰城。作为外地人的朗贝尔，对城市里发生的变化虽有所感知，倒没怎么放在心上，毕竟他可以随时离开这里。直到听说了城市关闭的消息，就连信件也不能寄出去，朗贝尔才开始慌张起来。

在一个充满了鼠疫病毒的城市里，自己的生命随时有可能被剥夺，从此与自己的亲人阴阳相隔。更为重要的是，在奥兰城里的他们举目无亲，心中有苦恼，也没法和谁说。

为了熬过这样的艰难时光，像朗贝尔这样的外乡人，都喜欢去回忆过去。世上没有完美的爱情，多少会有些波折和磨难。而此时记忆里，全是关于亲人的美好时光。时间长了，回忆也无法满足朗贝尔的需求了，他只想飞快地回到巴黎，与自己的亲人团聚。于是朗贝尔决定想办法出城，他利用记者的便利，找到了省府办公室主任。

但政府的人显然不会同意朗贝尔的要求，这时候，鼠疫已经全面暴发，朗贝尔身上是否带有病毒，尚且是个未知数。若

是随意放出去，朗贝尔把鼠疫病毒带到了其他地方，那么后果将不堪设想。

主任提议，为什么不利用这个机会，写一些精彩的报道呢？朗贝尔却觉得，家人才是最重要的，这时候哪还有什么心思写报道啊。

在政府这里碰了钉子，朗贝尔找上了里厄医生，请求里厄给他开一张证明：说明他没有染病。朗贝尔听说里厄在鼠疫防治工作中起到了关键性的作用，猜想里厄大概是说话很有分量的人，所以才找了他。可在鼠疫暴发初期，谁也不知道如何诊断是否患病，所以里厄委婉地拒绝了朗贝尔的要求。连续两次碰壁，让朗贝尔有些心烦意乱，大喊道："或许你还体会不到，两个心心相印的人分离意味着什么。你说你是为了公众着想，但公众的幸福是建立在个人幸福之上的。"

朗贝尔也知道，发火解决不了任何问题，只好离去，另想办法逃离奥兰城。起初朗贝尔还是坚持走官方途径，走访了一堆官员和通常认为能干的人，把自己弄得筋疲力尽，却还是没能出城。

在证实了无法用合法的途径出城后，朗贝尔决定采用特殊的方法。于是朗贝尔每天待在咖啡厅里打听消息，有一天，他遇到了柯塔尔。柯塔尔承诺，只要钱到位了，和门口的哨兵搞好关系，就可以找机会让朗贝尔出城。朗贝尔立马就同意了柯塔尔的要求，长期以来的心愿终于要实现了。

但到了6月末，鼠疫的情况日益严峻，朗贝尔他们去了几次始终没有找到好机会。在等待的过程中，朗贝尔向里厄透露了自己的计划，但里厄并没有阻拦，反而塔鲁一直劝说朗贝尔留下来。当时防疫队刚刚成立，正是需要人的时候。不过朗贝尔是爱情坚定的信仰者，他认为人就是为了爱而活着的。

塔鲁说："你知道吗？里厄的妻子，正在几百公里外的疗养院里休养。"

朗贝尔这才开始反思，在找到机会出城之前，是否自己也可以做些什么呢，于是答应加入防疫队。虽然当了志愿者，但朗贝尔的生活是有盼头的，他知道自己有朝一日一定会出去的，这也成了他留下来的动力。

9月中旬，里厄找到朗贝尔说："法官跟我说，劝你不要和那伙走私犯走得太近，你最好赶快办好出城的事儿。"

朗贝尔笑了笑："为什么在这样的情况下，催我赶紧办？"

里厄也笑了："也许因为我个人也有为幸福出点儿力的需求吧。"

于是，朗贝尔和柯塔尔等人商量紧急策略，终于定好在一周后离开奥兰城的计划。但在出发之前，朗贝尔犹豫了，如果他真的一走了之，他会感到很羞愧。

里厄劝说道："追求自己的幸福，没有任何羞愧可言。"

朗贝尔说："可是只顾自己的个人幸福，就会感到羞愧。你们不也是舍弃了自己的个人幸福，组建防疫志愿队吗？"

过了好一会儿，里厄才说话："世上没有任何东西，值得人们为它而舍弃自己的幸福。但我不知道为什么，我也抛弃了我的幸福。”

不过，朗贝尔倒也没有完全不顾自己的妻子。在两个年轻卫兵的帮助下，他与妻子建立了一个秘密通信渠道，每隔一段时间就可以收到妻子的来信。放下了心中的束缚后，朗贝尔才开始全心全意地为防疫队做事。

12月底，鼠疫慢慢开始退去，有些鼠疫患者的身体开始好转。政府宣布，将在1月26日打开城门。这就意味着，朗贝尔马上就可以和自己的妻子见面了。他早就和妻子商量好了，火车一通，妻子就立马买票坐车来奥兰城。在真正看到妻子之后，朗贝尔却有些迟疑。鼠疫结束得太快，幸福来得太突然，以至于一下子竟无法接受。

如果是鼠疫初期，朗贝尔见到自己的妻子，大抵会更加高兴和激动。所以这时候，作为外乡人的朗贝尔反而显得更加冷静沉着，细细地与自己的妻子介绍着鼠疫暴发过程中的险情。

在离开奥兰城之前，里厄对朗贝尔说：“勇敢些，从现在开始就该靠理智行事了。”

潜台词是，唯有人间的真情，才是最值得抓住的东西。此时，鼠疫对以朗贝尔为代表的外乡人来说，才算是真正的结束。朗贝尔无疑是幸运的，在鼠疫中活了下来。但也有些人，解禁后从外地来到奥兰城，发现失去了朝思暮想的亲人。

Day 4.

生活有起有落，我们能做的就是把握好自己拥有的

格朗是奥兰城里一名普通的公务员，更准确地说，他只是一名临时雇员。在二十三年前，格朗因为家里穷而辍学，他就是政府里的临时工，拿着六十二法郎三十分的日薪。本来格朗是有机会升级为“正式”公务员的，只要他能够证明自己有能力。可格朗，连一封申请信都不知道如何写。为了更好地生活，格朗总是买大一码的衣服。这样看起来可以穿得更久。

当然，贫困也影响了格朗的婚姻。在20岁出头时，格朗就爱上了邻居家的小姑娘让娜，他们在卖圣诞礼品的橱窗前定下终身，结了婚一起过日子。但婚后生活的拮据、餐桌上的相顾无言、逐渐黯淡的未来，让婚姻迅速坠入疲惫，离婚几乎是可以预见的未来。

结婚没几年，让娜就离开了格朗。可怜的格朗只好过着独居的生活。而支撑他走下去的动力，就是写出一本让编辑脱帽致敬的小说。每天晚上，格朗纠结的只有一件事，要不要把小说开头的形容词去掉。

开头是这么写的：“5月的一个美好的早晨，一位年轻优雅的女士骑着一匹枣红色的骏马，奔腾在布瓦·杜·波龙那开

满花朵的街道上。”

尽管格朗的追梦路上乏味且枯燥，可以说是一场没有结果的斗争，但他从来没有想过放弃，甚至为了写作，还耽误了白天的工作。日常工作和写小说，占据了格朗所有的时间。因而他对于外部世界的变化，显得更加迟钝。或者可以说，格朗是一个活在自己世界的人。在鼠疫暴发前夕，里厄曾问过格朗，他所在的这个街区老鼠是否已经绝迹，格朗对此一无所知。

其实有人曾对他谈起过老鼠的事情，但他对街道上的传闻向来不大注意，更别说他会想到鼠疫的事情了。有一次格朗在街上还碰到了一个鼠疫患者，走路摇摇晃晃，惨白的脸绷得紧紧的。格朗倒是不在意，只觉得那不过是个疯子。

里厄说：“过不了多久，城市里将会尽是这些疯子。”

格朗好像是没听懂一般，自顾自地和里厄说起自己的小说。但当塔鲁邀请格朗担任防疫队的统计工作时，格朗毫不犹豫地接受了任务，他决定每天晚上奉献出两个小时的时间。但政府的工作、防疫队的统计和夜晚的写作，三份工作的重压还是让格朗的身体迅速变差。

在圣诞节时，里厄发现格朗没有来防疫队做志愿者。朗贝尔告诉里厄，格朗大概是生病了。第二天上午11点，他曾在街上看到过格朗，走路慢吞吞的，整个脸都变了样。于是里厄和塔鲁开着汽车去找格朗，发现他在橱窗前不停地流眼泪，回忆着自己的人生，哀叹人生之艰难。

里厄一看到格朗，就知道格朗大概是患了鼠疫。格朗这时最挂念的却是让娜，想给让娜写封信，让她知道自己过得很幸福，这样让娜也能少些愧疚。听着格朗的话，里厄知道格朗大概是放弃自己了。但格朗是他朝夕相处的伙伴，里厄自然不会放任不管，拼了命把格朗带回了家。

格朗一回去，就念叨着自己的手稿，让里厄拿出来念给他听。里厄发现，稿纸上其实只写了一句话，不过是反复地抄抄写写，删删减减，才显得很多。

格朗着急地问道："是不是应该这样写？我快没时间了。"

还没等里厄回答，格朗突然大声地喊道："把手稿烧了。"

里厄很犹豫，但格朗的语气又是那么坚定，他只好照办。

里厄早就看出来了，自己的朋友活不过今晚，只能尽量满足格朗的要求。可一直到第二天晚上，格朗依旧没有死。格朗兴奋地表示，要重启炉灶，继续自己的写作事业。

格朗的病莫名其妙地好了，这让里厄感到很不可思议。在接下来的一周里，有四个鼠疫病人和格朗一样，身上的病突然就好了。一切都显得不可理解。不过鼠疫的消退，确实是从格朗开始的。在格朗康复后，他又投入了自己的工作，走进了普通的生活，就好像他从未经历过鼠疫一般。

在鼠疫彻底退去后，格朗碰到了里厄，他说："我给让娜写了信，还把小说里所有的形容词都删掉了。"

对于鼠疫的结束，他也显得很淡然，"鼠疫究竟是什么呢？它不就是生活吗？”

或许在经历了鼠疫之后，格朗终于明白：生活有起有落，有荒谬也有美好，但最重要的是平凡。而我们能做的，就是把握好自己拥有的。当然，在意识到这点之后，格朗并没有停止写作。他依旧在每天下班后，为了写一本完美的小说而奋斗着。也许不够励志，但却是最真实的人生常态，是独属于普通人的记忆。

Day 5.

鼠疫“同谋者”的结局

鼠疫中有一位同谋者——柯塔尔，他是一个趁着鼠疫暴发而发灾难财的人。柯塔尔第一次出现在大众视野，是因为他的自杀。柯塔尔本来是奥兰城的一个普通市民，性格内向，寡言少语，和格朗一样，过着平淡且艰难的生活。可柯塔尔不甘心一辈子如此，于是他开始走私香烟和劣质酒，发了笔小财。后来犯了点事，害怕坐牢，他选择了自杀，所幸被邻居格朗及时发现，才活了下来。

自杀未遂后，柯塔尔的性格大变：他温和地对待所有人，没事还会邀请邻居朋友去豪华饭店和咖啡馆吃饭，甚至对餐馆的服务人员也是慷慨得出奇，每次的小费都给得很多。而他做这一切的目的，不过是证明自己不是坏人，以减少自己内心的不安。只要有人回报他的殷勤，柯塔尔就会开心好久。反之，若是有人怠慢了，他就会显得怒不可遏。

如此反复，导致柯塔尔的心情有些敏感暴躁。他还是感觉，所有人都在用一种异样的眼光看着他。这时，柯塔尔最大的理想就是爆发一场大地震，推倒毁灭一切，让生活重来。

地震没来，但鼠疫来了。柯塔尔发现，整个城市因为鼠疫的到来，陷入了混乱之中。这样一来，警察就没有闲心去抓捕他了。其实，柯塔尔完全可以借此机会逃离奥兰城，但他没有这么做。

柯塔尔认为，当一个人身患某种重病之后，那么其他的病就永远不会找上他。对他而言，牢狱之灾就是一种疾病，因而他坚信自己不会染上鼠疫。另一方面，柯塔尔并不想同大众分开，他宁愿与所有人一起被困，也不愿成为一个单身囚徒。在这种信念的支撑下，当所有人都被鼠疫折磨得灰心丧气，精疲力竭之时，柯塔尔的生活反而越发春风得意。

柯塔尔先是联系了几个经常干走私的伙计，专门送那些“想离开奥兰城”的人偷偷离开，以此牟利发财。朗贝尔的出城，就是由柯塔尔牵线搭桥的。除了送人出城，柯塔尔频繁地出入高级社交场合，走私一些稀缺物资，投机倒把的小买卖做得红红火火。

唯一让他害怕的，就是听到鼠疫快要停止的消息。每每听到这样的风声，柯塔尔总要找里厄验证一番，安安心。在这期间，塔鲁曾热情地邀请柯塔尔一起加入防疫小组。但柯塔尔拒绝了：“我不是干这一行的。”他觉得自己曾每天经历恐惧，现在应该轮到别人来尝尝这样的滋味。

人人自危的日子让他觉得很自在，所以根本没必要让鼠疫停止。但荒谬的生活不会一直持续，人生会经历冬日的寒冷刺骨，也会有春日的万物复苏。鼠疫亦是如此，终究会有结束的一天。

鼠疫结束的契机，是格朗的突然恢复。接着是两个、三个……越来越多的鼠疫患者活了下来。省政府欣喜地宣布：鼠疫已经得到控制，将于1月底开放城门。与之相反的是，此时的柯塔尔则有些惊慌失措。自从死亡人数开始下降后，柯塔尔就常常去拜访里厄。他无法相信，鼠疫就这样消失了。所以他一而再，再而三地问里厄：“鼠疫真的会这样不声不响地停下来吗？”

尽管局势已经趋于乐观，但在鼠疫彻底退去之前，谁也不知道它会不会卷土重来。所以，里厄也表示自己不确定。这种捉摸不定的感觉，很容易让人感到焦虑。于是，柯塔尔兴高采烈地向所有人宣传里厄的观点。柯塔尔的策略是成功的，的确在很多人的心里种下了疑团，但他越是费力宣传，越是证明着他有多恐慌。

在那段时间里，柯塔尔每天的情绪阴晴不定。在鼠疫肆虐得最严重的时候，柯塔尔花了很多工夫，去改善和邻居们的关系，安慰他们鼠疫其实没什么大不了的。可在鼠疫快要结束时，柯塔尔又主动挑事，和邻居们争吵。

白天柯塔尔把自己关在家里，不与任何人交谈。晚上，他又与邻居们热切交谈。塔鲁安慰他：“一切都可以重新开始，新生活会到来的。”

柯塔尔也振作起来，说：“是的，从零开始。”

但紧接着，两个公务员模样的人找上了塔鲁，询问柯塔尔的下落。这让柯塔尔彻底陷入了崩溃，趁着夜色逃回了家。一想到自己一个人将承受的牢狱之灾，他就无法保持冷静。在奥兰城的喜庆气氛下，他就好像一个格格不入的局外人一般。最终，柯塔尔选择彻底堕落——报复社会。他绝望地拿起了手枪，朝着人群疯狂地开枪，四处射杀无辜民众。

柯塔尔被警察抓住后，仍然不愿屈服，嘴巴里骂骂咧咧地说着什么，一个警察直接就给了他两拳。无论柯塔尔怎么做，他最害怕的事情还是发生了。未来的他，将在牢狱里孤独地度过后半生。

Day 6.

人生下半场，有同理心的人更容易幸福

《鼠疫》里的旁观者和反省者塔鲁，他自比为圣人，不断反思社会和自身。塔鲁和朗贝尔一样，都属于奥兰城的外来人口。不同于朗贝尔的工作需要，塔鲁是主动来到奥兰城的，每天记录着这座城市的日常。他来这里，源于内心的疑惑与追求。

塔鲁生于富裕家庭，从小衣食无忧。他父亲是代理检察长，但不古板，天性善良。母亲性格温柔，贤惠大方，家庭氛围友爱，生活幸福。在17岁的时候，塔鲁迎来了人生的重大转折——父亲邀请他去旁听一起重大案件。在法庭上，塔鲁发现平日里善良亲切的父亲，竟然成了一个审判他人的死亡刽子手。父亲以往的高大形象，在他的心里轰然倒塌。他不明白，为什么有人会有权判别人死刑，这显然是一种谋杀。

这样的生活，又有什么意义？于是塔鲁决定离家出走，与社会做斗争，还进入了政界，试图终结这种不合理的制度。但塔鲁却发现，他同情的受害者往往也是杀人凶手。而死刑的目的，就是营造一个没有人杀人的世界。那么塔鲁对死刑的反抗，从另一个角度来看，是对罪恶的歌颂，而这不也是一种以

暴制暴吗？是否意味着，他也无意识地赞同过或者说促成过他人的死亡呢？

这时，塔鲁才终于明白，整个世界都是由凶手和受害者构成的，且两者可相互转化。这让塔鲁感到很羞愧，他开始思考造成罪恶的根源到底是什么呢？

为了解决心中的疑问，塔鲁来到了奥兰城，在这里鼠疫成为最大的凶手，城市里的民众都变成了无法抵抗的受害者。形成这一切的原因是人们的无知。尽管我们对鼠疫一无所知，但这并不是作恶的理由。我们所能做的，就是自我检点，尽量不把疾病传染给别人。唯有这样，才能回归内心的安宁。但塔鲁并不相信上帝，在他的认知里，通往安宁的唯一途径，就是同情心。

塔鲁先是和里厄聚集了一批人，主动建立了民间的志愿者防疫小组，提高防治的效率。

尽管成效不大，因鼠疫死去的人越来越多，几乎每时每刻都有人离开，但塔鲁并没有停止抗争。一方面，他还是尽自己所能，邀请所有人加入志愿者团队。每次需要陪护的时候，塔鲁总是第一个站出来帮忙。另一方面，站在受害者这一边，最重要的是理解他们的苦难。

塔鲁拜访了许多隔离营，记录下了民众在鼠疫中的感受，他们大多沉浸在自己的小世界里：或恐慌，要么想办法逃离奥兰城，要么寻求宗教和权威的寄托；或麻木，整天待在房间里不露面；或热烈，抓紧一切时间与家人相处；或痛苦，为患鼠疫不知所措……

当朗贝尔选择离开时，塔鲁让他多保重；当柯塔尔利用鼠疫发灾难财时，塔鲁看到了他背后的孤独。柯塔尔很愿意和他来往："塔鲁比别人更通人情，他总是能够体谅别人。"因为塔鲁总是设身处地地去为别人着想，他所做的一切，想证明的是，一个人不相信上帝，是否照样能成为圣人？或者说，没有信仰的人，是否能找到人生的寄托呢？很显然，塔鲁做到了。

好在鼠疫并不会无休无止地肆虐下去，总会有停下来的一天。可就在鼠疫开始悄然退却时，塔鲁却患上了鼠疫，大概是因为长期同鼠疫抗争带来疲惫无力，与对安全措施的疏忽，使得身体的免疫力降低。鼠疫病毒就在这个充满希望、每个人开始为自由幸福的生活欢呼的时刻，突然入侵，猝不及防。

这一次不管里厄用什么样的方法，塔鲁的病情都没有好转的迹象。但塔鲁看起来似乎不怎么担心，他还开玩笑说："我还是第一次看到，光注射血清而不下令隔离。"

此时的奥兰城，早已没有了救护车的声音，街道上游人如织，就好像鼠疫从来没有发生过一样。

几天过后，塔鲁的身体越来越糟糕。塔鲁犹豫了很久，还是向里厄问了问身体的状况。

他并不想死，如果就这样白白地死去，就意味着仗打输了。里厄不忍说出真相，鼓励他："如果想成为圣人，就要活下去。"

好在这不过是鼠疫的余波，塔鲁不过恰巧成了最后一个殉道者。也许太过完美的人，终究很难长存于世吧。尽管如此，塔鲁还是实现了自己的理想：永远站在受害者这边。

但塔鲁的死似乎也在发出一种警告：鼠疫永远不会消失，我们永远活在鼠疫的威胁之下。

恰如格朗所说：“鼠疫，就是我们的生活。”

Day 7.

重要的，是旅途中的风景

加缪以鼠疫作为布景板，深入地阐释了灾难中的人性之复杂。除了塔鲁的人物形象有些理想化之外，其他的四类人物都是对客观现实最直观的映射，他们的人生态度有值得歌颂的美好，也有应该唾弃的趋炎附势。

在书中，里厄无疑是英雄人物的化身，面对突如其来的鼠疫，他是第一个站起来反抗的。从开始到结束，他始终站在第一线，尽自己所能保护奥兰的民众，使他们不受鼠疫的侵扰。

里厄坚持下来的动力是什么？塔鲁也为这个问题问过里厄，他说："总不习惯看人死去。"但里厄作为一名医生，他要见证的死亡比普通人多得多。毕竟，死亡是所有人的最终宿命，没有人能例外。

现实生活中，如死亡一般无法战胜的荒谬有太多太多。就像西西弗斯推石上山，永远的失败是命运的结果，但我们不能停止反抗，正好符合了中国传统的"明知不可为而为之"的价值观。因为人的主观能动性就在这个过程中得以实现。尽管结果不尽如人意，至少曾经奋斗过。

而与里厄的人生观相对的，则是记者朗贝尔。朗贝尔作为记者，他意识到了奥兰城正在发生着什么，也明白瘟疫的恐怖。他思考的是如果一场战斗的胜利是以失去个人幸福为代价的，那么“赢”的意义又在哪里呢？因而他最先想到的是自己的个人幸福会不会被瘟疫夺走。所以从关闭城门开始，朗贝尔就一直想办法出城，和自己的家人团聚。可终于能离开之时，朗贝尔选择留了下来。因为他觉得。如果现在掉头走掉，心里会感到羞耻，也就是人格不再完整。

可能有些人会觉得，相比于里厄，朗贝尔最初的决定未免有些自私。其实，这只是一个关乎生命轻重的问题。里厄选择的是生命之重，而朗贝尔选择的是生命之轻。两种选择，并没有高低优劣之分。重要的是，你想要追求的是什么。

如果说里厄与朗贝尔在小说中形成轻与重的对比，那么格朗与柯塔达就是善与恶的对比。

相比于里厄与朗贝尔的敏感，格朗对奥兰城里发生的一切则显得懵懵懂懂的，问他关于老鼠的事情，他也答不上来。格朗所代表的是奥兰城中的普通人，对世界缺乏了解，也没有能力去改变些什么。

当防疫队需要志愿者时，他毫不犹豫地说：“我来干吧！”做一个跟随者，就是他能做的全部了。他踏实朴素，有着自己的小理想。虽然很难实现，但还是日复一日地努力着。生活中大多数人不正是如此吗？为了生活做着一份不喜欢的工作，家庭中也有自己的烦恼，日子过得平凡且琐碎，但却无力去改变。因为，这就是生活的本质。

与格朗相同的是，柯塔尔的人生之路也不太顺利，奔波了大半辈子，日子还是苦巴巴的。但他黑暗愚昧的人生观让他走上了一条与格朗截然相反的道路。柯塔尔的孤独与恐惧固然可以原谅，但他对生命的过度轻视是无法原谅的。正因为这一点，柯塔尔成了谋杀者，他自认为是有权杀人的。同样是无知，有时会带来善良热情，有时却会带来愚昧无知，这主要取决于每个人的价值观。

除了柯塔尔之外，故事中的人物都选择了与鼠疫抗争。这其实也体现了加缪的存在主义哲学——不论世界多么荒谬，都不要停止反抗。就算结果是可以预见的失败，那又如何？重要的是斗争的过程，旅途中的风景。人生到了最后，兜兜转转永远是零。可就算如此，我们也应该用一个值得长期坚守的目标去填充它，坚持自由而积极的人生态度。

《阅读是一座随身携带的避难所》

为了快乐而读书

[英] 威廉·萨默塞特·毛姆

黑斯廷斯的《毛姆传》曾经将毛姆的人生不幸归结于童年丧母。自母亲去世后，毛姆就鲜少感受到爱，更不知道如何去爱一个人。

叔叔婶婶虽然友善，但并不亲密，而学校的集体生活更是让这个内向、口吃的孩子感受到了“风刀霜剑严相逼”的痛苦。年幼的毛姆开始为自己寻找出路，远离现实世界中的种种不如意。阅读、书籍、图书馆，便构成了他少时的“避难所”。

如小说一样，这本随笔集一如既往地展示了毛姆的个人风格：略显刻薄的幽默，令人钦羡的广博，以及独树一帜的品位。

Day 1.

读书，最重要的是开心

在这本书的第一篇，毛姆就怀着一颗诚挚的心劝告各位读者，读书必须是一件让你快乐的事情。

作为读者，每个人都有自己的读书喜好，有自己的评价标准与阅读习惯。尽管许多书已经得到了文学家们的一致认可，成了文学史上不可或缺的皇皇巨著，但倘若这些书不能让你获得阅读的快乐，那么，你大可把它们放回书架上，重新找到一本能够让你享受到阅读乐趣的书。读书并非一件高贵无比的事，因此，也不必怀着读了书就比旁人高贵的心情去阅读，更不要为此读那些晦涩难懂、令你痛苦万分的书。

最后，毛姆还提醒各位读者，虽然在这本书里，他会依照年代顺序介绍他要讨论的书，但是读者们也不必遵循这个顺序。我们的目的是养成一个阅读的习惯，正因此，个人兴趣始终是放在第一位的。工作结束后，毛姆会读一些历史、散文或者评论传记，让自己的大脑从烦琐的思维体系内解放出来。而小说，则是他睡前的助眠读物。假如遇到一些无聊的作品，读上两三页便跳过去，直奔结局，也无伤大雅。

那么，什么样的书才符合毛姆心目中“好小说”的标准呢？

首先，一部好的小说“应当拥有一个能在广泛的读者群体中引发兴趣的主题”。这部小说应当涉及广泛的人性，无论男女老少，都会被这部作品打动，感受人物的悲欢离合。

毛姆对于自己的同行并不客气。他指出想做到这一点，小说家在选择主题时就不能仅仅考虑在当下时髦，因为这些流行的热点稍纵即逝，很快便失去了阅读价值。

就写小说而言，毛姆提出了几个想法。一部好的小说必须有合理的剧情，完整的结构，至少得有头有尾，让情节合适地生长。在好的小说当中，人物角色不仅仅是故事的推进器，更是现实中的反映。他们的言辞需要符合自身性格，行为举止也不能过于夸张。如果这些角色能够让读者联想到现实生活中的某个人，这才是小说家的成功之处。

然而，这些因素还不足以支撑一部好的小说。对毛姆而言，好小说最重要的特质依然是讲故事。故事才是让读者愿意沉浸于小说中的东西，是小说家们为了让读者不丧失兴趣而抛出的救生绳索。正是因为这些跌宕起伏、悬疑密布的故事，才让读者在万千爱好当中，选择阅读小说。在写好故事的基础上，如果一名小说家能够再把角色写得有趣、立体一些，那自然更好不过了。

因此，毛姆在《阅读是一所随身携带的避难所》书中，为读者朋友倾情推荐了许多他心中的优秀之作。

Day 2.

对创作而言，没有一种生活会被浪费

现在，先跟随毛姆前往法国大陆，他准备向我们引荐两位法国文学大师。

第一位与各位读者见面的作家叫作亨利·贝尔——司汤达的真实姓名。

“红与黑”，这两种颜色反差极大，却被作家并列在一起，成了小说的标题，不得不说这是一个绝妙的创意。要知道，在司汤达生活的年代，红色与黑色分别象征着两条不同的道路。红色是法国军装的颜色，而黑色，则是当时教士们所穿教袍的颜色。

在19世纪早期，一个来自普通家庭的法国年轻人想跨越自己所处的阶层，要么从军，要么进入教会。司汤达以颜色为题，写出了小说主人公于连身为木匠之子，却想在阶层分明的法国社会里拼出一番事业的渴望与分裂。如今，司汤达的《红与黑》已经被视为“自然主义小说”的代表。人人都在称赞作者对人情世故的精妙描述，以及他对社会现实的深刻认识。

但是，毛姆却对司汤达没那么客气。在他眼中，司汤达算不上一个作家。他固然是一个写作的人，但他的作品却仅仅围

绕着个人生活，充斥着与自己相关的种种描述。更何况，他那乱七八糟的情感生活似乎成了《红与黑》的注解。

就毛姆看来，司汤达的童年与青年都无可指摘，是普普通通的中产阶级出身，只不过会把父母的普通管教视为对自己的虐待。想想在幼年时就失去了父母的毛姆，司汤达的这些抱怨反倒是一种无情的炫耀。成年后，司汤达经过亲戚介绍，加入了军队。托一位表兄的福，司汤达在军队中的待遇还不算太差。真正令司汤达烦恼的是他的爱情之路。

在司汤达生活的法国，一个男人没有几个情人，多多少少都会让人瞧不起。为此，毛姆狠狠地把司汤达嘲讽了一番，说他虽然想做情圣，上天却没怎么眷顾他。在毛姆的描写里，司汤达的长相着实不尽如人意。他个子有点矮，是个肚子大、腿短、又丑又胖的年轻人。而且，司汤达不仅长相欠佳，口才也差，每每受邀参加沙龙，想对那些令人心动的女子表白爱意时，只能屡屡受挫。更令人难以忍受的是，他明明很普通，却还对人家挑三拣四。

他曾经结识了一位演小角色的女演员。在短暂的犹豫之后，司汤达决定与这位女演员坠入爱河。而他之所以犹豫，竟然是因为他不确定这位女性是否像自己一样拥有高贵的灵魂。他还曾经爱上了长官的夫人。而这位夫人的丈夫不是旁人，正是在军队里对司汤达有知遇之恩的表亲。

毛姆尖锐地讥讽他是一个“不知感恩”的人，更是将他追求长官夫人的行为定性为“既不得体，也不明智”。但司汤达似乎不以为意，他屡屡想告白，却怀疑对方会因为他的羞怯而在背地里笑话自己，甚至还请来一位朋友出主意。

几周之后，司汤达受邀前往长官家在乡下的庄园做客，他决定在一次散步时向夫人表明心意，甚至在心中暗暗发誓，如果他们一起走到花园中的某个位置还无法开口，就干脆自杀好了。当然，夫人对他毫无兴趣，亲切而委婉地拒绝了司汤达的盛情。

读到这里，我们忍不住想象，假如司汤达有一个像毛姆一样的朋友，虽然毒舌，却能够以语言作为武器，拦住他丢人现眼，或许司汤达的情路还不至于如此坎坷。

被长官夫人拒绝之后，司汤达为了疗伤，去了意大利。在那里，他爱上了一个开小店的女人，两人的情人身份保留了近十年。司汤达还曾经迷恋过一位比他小10岁的伯爵夫人，却常常被伯爵夫人拒之门外。在40岁那年，司汤达终于有了一段炙热的恋情。

德·库里亚伯爵夫人比他小几岁，彼时正在和丈夫分居。她以火一样的热情回应了司汤达的爱，写下的每一封情书、发生的每一段故事，都如司汤达想象的那么浪漫。有一次，一位不速之客的到访——那很可能就是她的丈夫——打断了他们的幽会，伯爵夫人便立即让他躲进地下室去，又撤掉他爬下去用的梯子，关好了通往地下的活板门。在这幽暗却浪漫的洞窟里，司汤达困居，或者不如说是被活埋了整整三天，只能靠着满心痴情的夫人为他准备好食物，放下梯子来看他。

假如你是一位熟悉《红与黑》的读者，你似乎不难看出，于连面对德·雷纳尔夫人，他那身份高贵的情人时，那不表白就死的想法与司汤达如出一辙。而后，他们分手，于连进入巴黎，遇见了傲慢任性的玛蒂尔达。两个年轻人幽会时的场景也和司汤达与伯爵夫人是那么相似。

司汤达本人的结局也和于连一样悲哀。小说主角被判处死刑，而作家自己死时孤身一人。毛姆如此总结，司汤达终其一生都在追求幸福，却从未领悟真正的幸福只有在不可以追求的前提下才能得到，并且只有失去之后才能意识到其存在。

第二位文学大师，是我们的老朋友巴尔扎克。值得一提的是，毛姆尤其推荐巴尔扎克的《高老头》。比起对待《红与黑》与司汤达的刻薄，毛姆对《高老头》那赞不绝口的态度简直是一个奇迹。在他看来，这部小说不仅是巴尔扎克的艺术高峰，也体现了作家的诸多原创性。

毛姆表示，正是在《高老头》中，巴尔扎克才第一次萌发了在彼此相连的多部小说中沿用同一个角色的设想。这么做的难点在于，这个角色必须塑造得足够有趣，能让读者想知道在他们身上又发生了什么。而拉斯蒂涅、伏脱冷这些角色成功地做到了这一点。

毛姆尤其喜欢伏脱冷，他说："有史以来涌现过成千上万个这种类型的角色，却没有一个如他那般鲜明而生动，也没有一个拥有他那种令人信服的现实感。伏脱冷拥有聪明的头脑、顽强的意志和旺盛的活力。”此外，毛姆还认为，巴尔扎克是第一位以膳宿公寓作为故事舞台的小说家。

这些丰富的感情生活如果发生在普通人身上，大概会被人嗤之以鼻，但是文学大师却将其作为灵感，付诸纸上。这或许就是天才与常人的区别。

Day 3.

生活不是安排，而是追求

18世纪摄政王时期的英国，在那儿，有一位出色的女性正等待着各位读者。你一定听说过她的名字，还有她创作的那部脍炙人口的小说——《傲慢与偏见》。这位才华横溢的女性作家就是简·奥斯汀。

毛姆向来主张知人论世。在他看来，一个作家的作品与自己的生活密不可分，想要更好地了解小说，就必须详细地对作家的身世、性格与人际关系进行多方位的了解。在毛姆眼中，奥斯汀的出身平平无奇。虽然这位作家常常写贵族生活，但她自己却只是一个乡村牧师的女儿。

奥斯汀一家都是善良、诚实的正派人，他们处于中层与上层阶级之间的边缘地带。在《傲慢与偏见》中，女主人公本内特一家人可以时不时去伦敦住上一段时间。父亲本内特先生也拥有自己的地产，即便没那么富有，多多少少也算得上是个地主。

在那个社会等级分明的时代，奥斯汀一个来自乡下的姑娘，没有多少机会进入伦敦一览上层社会的风光，在交际圈里多多少少还是有些抬不起头。毛姆引用了当时一些人的信件，尤其是奥斯汀最为疼爱的侄女范妮夫人的说法。在信里，范妮夫人点出，自己这位姑妈的的确确还不够文雅，达不到上层社会的标准。这一切都是因为她是在乡下长大的。

按照当时英国上流社会对仪态的要求，简或许并不是最受人瞩目的淑女，但是她身上的才华与品位却没办法被身世掩盖。她似乎总能够找到别人身上的可笑之处，却又不怀恶意地用以取乐。她会暗自把这些人的特征写在信里，与她最好的朋友——姐姐卡珊德拉分享。

毛姆特地引用了奥斯汀小姐的几封信，证实她的幽默。“哈维太太要结婚了，这可是一个大秘密，街坊四邻里只有一半人知道，你可千万别提起这件事。”“黑尔太太受到了惊吓，早产了好几周，昨天生下来一个死婴，我猜可能是因为她无意中看了自己的丈夫一眼。”“想想看，霍尔德太太已经去世了！真是个可怜的女人，她终于做到了世界上唯一一件能让别人不再欺负她的事情。”仅仅一句话，就能够让读者想象当事人的性格特点或是外貌特征，不得不说，这是奥斯汀的天赋。

更何况，信中提到的尽是些生活中鸡毛蒜皮之事，而她的语言却将之展现得妙趣横生。这独特的观察力不禁让人想到，这位作家如果生活在今天，大概会成为一名极具人气的脱口秀演员。而幽默的气质也让奥斯汀脱离了人们想象中的“书呆子”形象，毛姆如是说。不过奥斯汀确实喜欢读书。

她受过良好的教育，阅读范围极广，从当时流行在英国的哥特恐怖小说，到欧洲小小说的翻译，从歌德的《少年维特之烦恼》到莎士比亚，从司各特到拜伦，她几乎都有涉猎。与人们的想象有所不同，简·奥斯汀并非叛逆少女，她对当下的社会秩序没有太多不满，而且，她的阅读清单里也包括了布道书，甚至她还有自己非常喜欢的宗教学者。

但是，毛姆提醒现代的读者，就像我们今天一日不洗澡就觉得不舒服一样，在奥斯汀的那个年代，履行宗教义务是个人的职责所在。

毛姆对于奥斯汀的生平与时代多有介绍，他期待着人们对这位女士有了更多了解之后，才能理解他对奥斯汀作品的看法。毛姆的导读涵盖了奥斯汀当时已经出版的六部小说。他首先讲述了奥斯汀身为女性，在那个年代里写作、出版自己作品时所经历的种种不易。毛姆极其欣赏奥斯汀创作的爱情故事。在他看来，正是奥斯汀独特的幽默感，才让她笔下的爱情故事如此妙趣横生。

面对指摘奥斯汀“不关心政治时事”的批评，向来毒舌的毛姆也好心肠地做出了回应，告诉当下的读者，那个年代女性过于关注政治，反而是一种不成体统的行为。而且，毛姆认为，这并不意味着奥斯汀对时事一无所知。她自己就有两个兄弟在海军服役，她常常在书信中表现自己对当时政局的担忧与关心，却克制地在小说当中避开了这些内容。这无疑是一位作家明智的体现。毕竟，那些描写二战的作品很快就如明日黄花一样，被人遗忘了，而简·奥斯汀对乡村人情世故的描写，依然为人们所推崇。但毛姆对简·奥斯汀的批评也毫不留情面。

毛姆说："绝大多数小说家的水平都难免有所起伏，而我所知道的唯一例外就是奥斯汀小姐，她证明了这样一个规律——只有平庸之辈才能永远维持在一个恒定而平庸的水平。她最差的表现也不过是维持在比最佳水平略逊一点的程度。"

相比之下，她其他的作品都能让毛姆找到一些毛病。《爱玛》太长太无聊，毛姆对里面一对情侣的感情暗线毫无兴趣，而《曼斯菲尔德庄园》里的男女主人公又过于正派，倒不如被设为"反面人物"的那对兄妹来得有生命力。

《劝导》的主人公安妮小姐，看起来实在是太过于正经，毛姆甚至希望她能更加叛逆一些。那些被奥斯汀视为"反面角色"的人物大多赢得了毛姆的称赞，而书中的正面人物反而让毛姆觉得无聊。

而到了20世纪毛姆生活的年代里，宗教式微，个人的价值被抬高、强调，调情、表白乃至于性冲动，都仅仅是个人选择，甚至成为展示个人魅力的手段。也难怪毛姆会觉得被奥斯汀批判的"堕落分子"看上去更有魅力了。

简从小的梦想却是成为一名作家，她清醒地看到了婚姻生活中压抑的女性，她不愿依附任何人，更不愿被任何人束缚。正是这样的她，以独立女性的视角描写了那个年代各式各样的女性人物，赋予她们以理性的思想和眼界，也细腻地刻画了她们的情感世界。简·奥斯汀让我们看到了女性思想上的魅力和光芒，她让我们明白，一个独立而清醒的女性，不依附于任何人，为自己争取权利与幸福，是如此重要，又是如此珍贵。

一个多世纪以前，世界各地的女性们为争取妇女平等权利而呐喊，换来了较过去而言更平等，也更自由的生活。当下，女性们也仍在为一个更包容、更平等的社会而努力着。女性同样充满力量，她们细腻而有远见、炽烈而自由。正在各个领域活出自己的精彩。

Day 4.

苦难，是人生最好的养料

“他是个相当不寻常的人。我不知道还有哪个作家能像他那样，以热情似火、百折不挠的勤勉献身于文学这门艺术。”

在文章的开篇，毛姆毫不吝啬地表达出自己对这位作家的赞扬。这位作家正是《包法利夫人》的作者福楼拜，而他也是“短篇小说之王”莫泊桑的老师。与一心想当情圣的司汤达相比，福楼拜情感生活平凡、寡淡。他也有过几个情人，但只有一个女人让他心心念念了一辈子，却从未有机会和她携手共度一段旅程。

23岁那年，福楼拜突发疾病，从此之后，他的身体状况一直时好时坏。或许，正是因为疾病，福楼拜才能如此强烈地感受到世事命运的无常，也对生命多了一份共情与慈悲。

从此，福楼拜就在鲁昂的家中常住，他很少旅游，也几乎不去巴黎与文学界的主流人物交往。甚至当老朋友杜坎劝他来巴黎住时，福楼拜干脆生气翻脸，差点儿没和对方绝交。说到朋友，不得不提诗人波耶，他是督促福楼拜写作的重要伙伴。一次，当福楼拜写完了一本500页的小说后，波耶却建议他，

“把这本小说扔进火里，永远不要再提它”。他和杜坎都曾劝说福楼拜，既然以巴尔扎克为榜样，那就应该写一部现实主义小说。

有一天，福楼拜听说了一个熟人的故事。这位乡下医生早年丧偶，后来娶了一个农场主的女儿，那个姑娘才17岁，后来因为有了外遇，走上了自杀的绝路。这个故事触动了福楼拜，他开始酝酿一部新的小说，但迟迟不肯动笔。彼时，福楼拜已经几乎不与杜坎来往，只有波耶是他忠实的朋友。在波耶的百般催促之下，福楼拜终于动手，开始为《包法利夫人》写作大纲。

这一次，他下定决心，在创作过程中做到尽可能客观。他决心不带任何偏见，也不带任何预判，仅仅是揭露真相、讲故事；刻画人物时也不贬不褒，不附加自己的评判。但小说的主人公只是一个普通的农场主的女儿。如果仅仅是客观描述，或许会使整部小说变得枯燥乏味。为此，福楼拜对自己的作品精雕细琢。

他每天在书桌前写作长达12个小时，甚至会读出声音来衡量措辞和语气。到了周末，波耶来做客时，他就请老朋友提出建议。如此认真的创作最终在市场大获成功，引起了读者们的喜爱和共鸣。而毛姆自己也对《包法利夫人》大加赞赏。他认为，一方面，福楼拜对细节的描写精准异常，另一方面，正如福楼拜自己后来说的那样，“我就是包法利夫人”。

毛姆也发现了包法利夫人身上的人的共性——每个人都会

做白日梦，幻想着自己变得富有、俊美，而且成功。只不过，大多数人都过于理智，不会把白日梦付诸实践，可包法利夫人却真的那样去做了。

她把新生活的可能全部寄托在虚无缥缈的情人身上，希冀他们带来的刺激能够改变贫乏无味的婚姻生活。但这一切都只是枉然，在没有其他选择的现实中，包法利夫人只能走向自杀的末路。

为《包法利夫人》的不幸结局流下悲伤的眼泪之后，毛姆又带着读者回到英国，进入伦敦。这一次，他选择的作家是查尔斯·狄更斯。没有一个英国作家能够逃离狄更斯的影响，毛姆亦然。他以一张肖像图作为开篇，如是写道：“画中的他坐在写字台旁一把考究的椅子上，一只纤细优美的小手轻轻搭在一页手稿上。他穿得非常华丽，脖子上系着一条宽大的丝绸领带，褐色的卷发别在耳后，垂落在脸颊两侧。”这幅肖像画储存在伦敦国立美术馆中，这足以体现狄更斯在英国人心中的重要地位。

此外，毛姆还特意用上了“考究”“华丽”这样的修饰词，强调狄更斯身上的那条“丝绸领带”，凸显这位国民作家的不菲身价。然而，如此富裕的模样却和狄更斯的童年生活相差甚远。狄更斯自小家境贫寒，父亲甚至因为无法偿还债务，被抓进债务监狱，连弟弟妹妹都因为无人照顾，而在监狱里长大。

为了替父母还债，维持家用，小小的狄更斯不得不成为一个“厂弟”，在一个碳粉厂里干了小半年，直到父亲得到了一笔新的收入，才结束自己的打工生涯。不过，在监狱里还债、进厂打工这些苦难经历日后成为狄更斯的创作源泉。众所周知，《大卫·科波菲尔》是狄更斯的自传体小说。毛姆总结，他对原型人物身上的性格、特征与缺点加以夸张，又让他们每个人说话的声音都具有自己的个性，深深地烙印在读者脑海中。

这个特征在《大卫·科波菲尔》里面更加明显。这部小说采用了第一人称叙事，讲故事的视角仅仅从大卫·科波菲尔本人出发。读者无法接触到其他人的想法与意见，只能通过大卫的眼睛去观察他人和世界。尽管这种艺术手法在呈现一个搞笑的角色时非常管用，读者经常会被逗得哈哈大笑，但也因此失去了同情这些人物的可能。

毕竟，同情一个有血有肉的人是很自然的，而同情一个喜剧场上的小丑，却显得有些不合时宜。但这些小瑕疵并不会影响《大卫·科波菲尔》的艺术价值。

Day 5.

小说是通向作家内心深处的道路

所有的故事都从1776年开始。爱尔兰的一对青年男女在小村庄的教堂里喜结连理。他们两人都是普普通通的农民，连在教堂里拼写自己名字时都频频出错。在那时，绝对没有人能想到，这个家族里会出现作家，甚至，不止一个。文盲的命运在这对夫妻的长子身上终结了，毛姆如是写道。

没有人知道这个孩子是在哪儿接受的教育，16岁的时候，他居然在附近的乡村学校当上了老师，后来还结识贵人，凭着奖学金与助学金进入了剑桥大学。29岁那年，这个年轻人拿到了剑桥的文学学士学位，还被英国国教会授予神职，成了一个牧师。在剑桥求学期间，年轻人终于把父母当年那个错误百出的姓氏确定了下来，正式署名为帕特里克·勃朗特。没错，他就是勃朗特姐妹的父亲。

几十年后，这个神父确定下来的姓氏将通过他的三个女儿烙印在英国文学史上。夏洛特·勃朗特写出了《简·爱》，艾米莉·勃朗特则是《呼啸山庄》的作者，小妹安妮·勃朗特的名字虽然没有那么响亮，但《女房客》也是一部杰出的作品。

此时，距离勃朗特姐妹出生尚早。老勃朗特的居住地点随着工作兜兜转转，终于定居在英国西北部约克郡的霍沃思村里。霍沃思村的牧师住宅是一栋褐砂石砖建的小屋，它位于陡峭的山脊，整个村庄就散布在下面的山坡上。勃朗特三姐妹就出生在这里。

除了彼此外，她们还有一个兄弟——帕特里克·布兰威尔。母亲去世后，兄妹几人相依为命，只有伊丽莎白姨妈照顾他们。老勃朗特在教堂的工作之余，还在家里教育自己的儿女们，但他从来不让孩子们和村里的其他孩子打交道。

直到年长一些，长姐夏洛特与小妹安妮才出门工作，但二姐艾米莉却更愿意待在家里。读书写作是她们为数不多的爱好。从童年时代起，她们就热衷于写作。艾米莉、安妮与布兰威尔曾经共同为她们想象的虚构王国冈德尔写作长诗。1846年，勃朗特姐妹尝试用柯勒、艾利斯和阿克顿·贝尔的笔名投稿出书，艾米莉的《呼啸山庄》正是在这时候完成的。不幸的是，三姊妹的几部小说均惨遭退稿，只有《简·爱》得到了市场的喜爱，尽管专业的书评人对此不屑一顾，但大众却格外喜欢，很快就让夏洛特的这部小说成为畅销书。

于是，出版商便尝试推出一个三卷本，把艾米莉的《呼啸山庄》、安妮的《艾格尼丝·格雷》与夏洛特的《简·爱》一同发售，却依然反响平平。

毛姆说，安妮的才华一般，但性格比两个姐姐和蔼可亲，而艾米莉的《呼啸山庄》是一部经典之作。在毛姆看来，没有一本小说像《呼啸山庄》一样令人震撼。

小说会在一定程度上暴露作者的写作时代，因为创作总是会受到时代影响，从而展示出作者的风格与道德观念。但是，《呼啸山庄》却是个例外。它和同时代的小说没有任何关联。它是一部很糟糕的小说，也是一部绝好的小说。它既丑陋又美丽。这是一部令人恐惧、痛苦，又充满了力量与激情的作品。

有人不相信，像艾米莉这样足不出户的牧师的女儿竟然能够写出《呼啸山庄》这样的作品。毛姆对这样的观点不置可否。在他看来，艾米莉是个神秘、古怪而模糊的角色。似乎从未有人直接窥见过她的真面目，人们所能见到的形象都宛如荒野池塘中反射出的影子。

三姊妹的传记作者曾经记录了这么一个故事：老勃朗特曾经想了解一下孩子们的个性，让他们轮流戴上一个旧面具回答问题。当他问艾米莉，自己该怎么对付她那个麻烦的弟弟时，她的回答则是："跟他讲道理，如果他不听的话，那就用鞭子抽他。"看似娴静少言的艾米莉，内心却有着强悍果断的一面，这多少有些出人意料。又或许，是约克郡荒原上的猎猎巨风造就了艾米莉的内在生命力。

当毛姆将艾米莉的诗歌作品与《呼啸山庄》共读时，他突然意识到，那些诗歌体现了一种强烈的爱情。艾米莉的许多首诗都写在19岁，19岁的她在女子学校读书、工作，那是她为数不多离开家门的日子。不善言辞的她将强烈的情感熔铸于文字与故事之中，无法安放的思绪成为她创作的灵感之源，并最终孕育出《呼啸山庄》这一经典著作。不过，艾米莉一向对男人避之不及，她不喜欢男人。不仅如此，艾米莉身上反倒表现出一种在那时的女性身上少见的“阳刚之气”。

毛姆大胆推测，艾米莉也许是位同性恋者，但在那个年代，这个话题并不能被公开讨论，艾米莉自然而然成了大家眼中“古怪”的人。

Day 6.

伟大的作家，往往洞悉人性，揭示真相

在19世纪的欧洲，让长篇小说真正走向巅峰的不是这两个国家，而是远在西伯利亚的俄国。

“虚荣是艺术家的职业病，不论是作家、画家、音乐家还是演员都很难免俗，但陀思妥耶夫斯基的虚荣心却旺盛得离谱。”这是毛姆给第一位出场的作家做出的评论。

通览陀思妥耶夫斯基的生平事迹，我们会发现他和巴尔扎克有许多相似之处。他同样才华过人，仅仅是试水写了一本小说，就赢得了出版社的喜爱。此后更是佳作频出，惊人的文学天赋让他的名字响彻文坛。但是，也和巴尔扎克一样，陀思妥耶夫斯基的经济情况与个人生活都是一团乱麻。促使其写作的最大动力不是他对文学的热爱，而是为了偿还巨额赌债。

每次走出赌场时他都暗自悔恨自己又输掉了钱，相比于陀思妥耶夫斯基对妻儿、家庭的不管不顾，他对待文学似乎要尽心尽力一些。尽管他常常预支稿费，却几乎不会放编辑们鸽子。创作《罪与罚》期间，陀思妥耶夫斯基突然发现还有一个月的时间，另一部小说便要截稿，他赶忙停下手中的工作，仅用二十六天写完了《赌徒》。

一个疯狂的赌徒与天才的作家，两种天差地别的灵魂掺杂在一起，孕育出陀思妥耶夫斯基那令人震撼的艺术风格。正如黑塞所言，在陀氏的作品中，人们可以获取两种力量。一种力量是绝望，另一种力量则是良知，那是来自天国的声音。

毛姆也认同这个观点。在陀氏经典《卡拉马佐夫兄弟》里，阿廖沙就是那个来自天国的声音。在小说中，伊万给天使弟弟阿廖沙讲了一个故事。

一个农奴家的孩子，8岁的小男孩，不小心扔石头砸伤了主人最喜欢的狗。坐拥无数田产的主人下令剥光这孩子的衣服，让他光着身子在前面跑，又放出成群的猎犬在后面追，这群猛犬在孩子母亲眼前把他撕成了碎片。然后，伊万激愤地宣称：因为在这个世界上，无罪之人不该为了有罪之人的原罪而蒙受痛苦；如果他们因此受苦——而现实往往的确如此——那就只能说明上帝要么是邪恶的，要么根本不存在。伊万这令人心潮澎湃的独白是陀氏思想的反面。毛姆提醒读者，陀思妥耶夫斯基自己依然有宗教信仰，他希望能够反驳伊万，但阿廖沙口中的言论却没有哥哥来得那么惊心动魄。

陀思妥耶夫斯基的作品因其强烈的思想性而厚重，而另一部经典的俄国文学巨作——托尔斯泰的《战争与和平》，其深度则源自作者的广博深邃。

在毛姆看来，《战争与和平》毫无疑问称得上是最伟大的小说。只有睿智过人、想象力丰富、对世界拥有广泛的体验，并且能够洞悉人性的作家，才能写出这样的小说。托尔斯泰确实是个经历丰富的人。他出身贵族，23岁那年，托尔斯泰跟着自己的兄长一起前往高加索当兵，离开军队之后，托尔斯泰接触到了欧洲大陆的思想，这让他开始反思当时俄国的农奴制度。最后，他选择了婚姻作为一条谋取幸福的方式。

毛姆说，在托尔斯泰生活的年代，许多贵族都过着这样的生活：年轻的时候放浪形骸，结婚之后则在自己的庄园中安顿下来，经营自己的财产。只有少部分像托尔斯泰一样善良的人，对农民的愚昧无知颇为痛心，致力于改善他们的生活。使得托尔斯泰从这样一群人中脱颖而出的，就是他在如此生活着的同时写出了世界上最伟大的两部小说：《战争与和平》和《安娜·卡列尼娜》。

36岁那一年，托尔斯泰开始创作《战争与和平》。毛姆将这个时间段称为“创作恢宏巨著的绝佳年龄”，因为作家的艺术技法已经完善，而思想又活力充足，创造力也处于巅峰。《战争与和平》的背景设置在拿破仑进攻俄国时期，涉及莫斯科大火、法军撤退等历史大事件。

《战争与和平》中出现了将近500个人物，分别来自4个不同的贵族家庭。在托尔斯泰笔下，他们每一个都是有血有肉的灵魂与生命。历时7年，几番易稿，小说最终在文学史上绽放，名垂千古。更有意思的是，毛姆特意点出，小说结尾也同样铿锵有力。

七年之后，故事中的人经历了战争，终于安定下来，但是，当年那个甜美可爱的少女成了平庸劳碌的家庭主妇，英勇侠义、热情高亢的青年人也变成了一个固执己见的乡绅。

毛姆说，这个大团圆结局实际上相当可悲。但是在他看来，托尔斯泰如此描写并非出于怨恨或恶意，而是因为作家知道生活有时就是如此，而他必须讲述真相。

Day 7.

如果你没有读过毛姆，不妨从这本开始

正如毛姆此前所言，读书最重要的是开心。对毛姆本人来说，阅读19世纪的经典作品永远是一件快乐的事情。他从不掩饰自己对这些伟大作家的敬佩。在一次采访里，他曾经说，我不过是一名二流作家。

喜欢毛姆的读者大概觉得这是他难得的谦虚，但仔细一想，毛姆已经将自己放在了文学史上，将自己与福楼拜、托尔斯泰这样的文学巨人对标，与其说是谦虚，倒不如说这是毛姆式自恋的另一种呈现方式。此外，在评价作家作品时，毛姆毫不留情面。

毛姆评论着作家前辈，自己也逃不过被后人评论的命运。有人曾经这么描述他：毒舌、刻薄，但内心又极具情怀，待人待事，都怀着厌恶与热爱的双重复杂情感。这样的特质在这本书中同样表现得淋漓尽致。

毛姆身为作家，又重视故事的趣味性，这样的转折也是实现有趣的一种有效手段，足以提起读者们的好奇心，跟随他一同走进《卡拉马佐夫兄弟》，理解这部鸿篇巨制中的善恶对峙。作家们的生平八卦数不胜数，依照常人的评判标准，陀思妥耶夫斯基品行有亏，托尔斯泰对待自己的妻子过于冷血无情。

毛姆并没有刻意掩饰他们在道德上的不完美，反而在导读里展示了这些瑕疵与缺陷。这可以归结为毛姆的刻薄，但是，重新读一读毛姆自己的小说，我们又会发现，毛姆作为一个格外聪明又颇有天分的作家，他偏爱那种天赋异禀又卓尔不群的人物。

他会大声嘲讽自己讨厌的人，对自己喜欢的人却轻声赞美，生怕自己的赞美声太大，反而会把对方吓跑。或许，在毛姆看来，揭秘文学大师们的生平事迹并非是一种亵渎，反而展示了这些文学天才不拘一格的一面。

话虽如此，对于作家的创作本身，毛姆也没那么客气。在讨论《呼啸山庄》时，他毫不留情地指出，勃朗特姐妹的文笔都不算好。主要叙述人明明是一个没什么文化的女佣，遣词造句却文绉绉的，充满了装腔作势的书面语。最后，作家本人都不得不想方设法为此找补，说是这名女用人闲暇时间多读了几本书。

毛姆还这么评价狄更斯："济慈活得太短，华兹华斯的寿命又太长，这实在是英国文学界的一大不幸；而与此同样不幸的一点是，在我国最伟大的小说家处于创作巅峰的那个时期，盛行的出版方式鼓励的却是那种散漫又啰唆的风格，这也助长了英国小说家那种与生俱来的爱讲题外话的倾向。”

毛姆刻意引用这层比喻，是为了点出狄更斯如何被当时的出版行业所影响，使得他的作品艺术性无法再创新高。要知道，狄更斯的创作属于连载小说，刊登在报纸杂志上，就像今天的网文一样，是一种商业性的文学写作。

然而，毛姆的毒舌只呈现在表面，在他的内心深处，依然对这些作家作品有着无限的尊敬与热爱。他几乎能用各种不同的方式来赞扬这些小说的伟大。简·奥斯汀自己谦虚地承认，与那些男性作家相比，自己的作品不过是在两英寸的象牙上精雕细琢，达到事倍功半的效果。然而，毛姆却说，她的小说“具有极强的可读性，甚至比某些更加伟大、更为知名的作家作品更好读”。

与巴尔扎克、司汤达相比，福楼拜的个人生活几乎毫无波澜。他卓越的创作能力与作品，来自其删繁就简的苦劳与勤奋，就连毛姆也无法找到可以奚落他的地方，便转而赞扬这种勤勉：“我不知道还有哪个作家能像他那样，以热情似火、百折不挠的勤勉献身于文学这门艺术。”

托尔斯泰的《战争与和平》更加成为毛姆的心头之爱。那是“一部实至名归的史诗”，是“世界上最伟大的小说”。在毛姆心中，没有哪一部小说能够比《战争与和平》更加配得上这样的称号。他将巴尔扎克称为“天才”，将《呼啸山庄》评为“非凡的杰作”，赞美《卡拉马佐夫兄弟》里展现出来的惊人的创造力。

毛姆一面以各种方式批评、嘲弄作家和他们有缺失的作品，一面却不遗余力地夸赞真正伟大的杰作。或许，我们也可以用他长久以来的评论理念来做一句总结：什么样的人就会写出什么样的作品。只有像毛姆这样，对世间万物清醒洞察却又内心火热，颇具情怀的作家，才能写出这样的一组书评。

麦家陪你读书（第一辑）

《我想要的人生》

《写给世间所有的迷茫》

《做简单的自己》

《一切都来得及》

荐 书 人

深蓝蓝　慕　榕　竹　子　momo

文　苑　慧　清　陈不识　妍　诺

无患子　路雨生　三尺晴　琴萧陌

驿路奇奇　竹露滴清响　盐系少女

恪慕容　北　坡　贰　九

麦家陪你读书（第二辑）

《今天也要好好爱》

《坠入人海，理想热烈》

《去人间清醒处》

《活在生活里》

荐书人

陌上桑　月　己　肉　丝　蒙　湘　贰　九

三尺晴　西　楚　竹　子　奥氏体　慧　清

琴箫陌　张煜棪　十七君　文　苑　云　间

格斯墨　刘文豪　零　露　康　飞　恪慕容

帅沁彤　一隅清欢　驿路奇奇　若水一泓

堂前燕子　羊子姑娘　竹露滴清响

《去人间清醒处》

|总监制|

孙　毅

|特约编辑|

顾　夏　黄　琰

|营销支持|

侯庆恩